走る道化、浮かぶ日常

九月

祥伝社

走る道化、浮かぶ日常

目次まであと三ページ

商品に関する説明は、ほぼ全てが大嘘である。

「甘め」と謳《うた》われたカレーが想像以上に辛かった経験は、きっと誰にでもある。逆に、「辛め」と謳われたものがなんだか物足りなく、むしろはちみつや砂糖の甘味が感じられて困惑することもある。ああいう表示は、誰がどうやって決めているのだろう。とてもある程度の人数の大人が、真剣な味見と民主的な議論を重ねているのだろうか。とてもそうは思えない。この世のどこかに、「辛党ばかり集まった会社」とか「やたらと発言力のある甘党がいる商品開発部」があるとしか思えない。発言力のある甘党、どうせ社長の息子とかで態度が最悪なのだろう。カレーと向き合え。または転職しろ。

あるいは、「標準レベル」を謳う数学の問題集はほぼ全て難しい。なぜこんなに難しいんだと思い解答・解説を読むと、「このレベルが標準だと思えるまで勉強してください」と書いてあったりする。何言ってんだ。誰もそういう意味で捉《とら》えないから。

標準レベルって言われたら標準レベルだと思うから。急に祈りを込めるな。

また、「駅まで徒歩五分」の物件は駅まで徒歩十分だし、「徒歩十分」は十五分である。なんでそんなことになる。一体どの道を歩いたんだ。えげつない近道があるのか。だったらそれを教えてくれ。もしくは尋常じゃない追い風の日に歩いたのか。ならば風速を明記したうえで「参考記録」と書き添えてくれ。

これまで僕は、出鱈目《でたらめ》な説明に翻弄され続けてきた。必死で活字を追い、一生懸命に計画を立て、実際に振る舞った後で「話が違うぞ」と困惑した経験がいくらでもある。もちろん、実態に即した適切な説明をすることが難しいのはわかる。

そうは言っても、世に大嘘が多過ぎないか。「ギター初心者にオススメ」とされる曲のテンポが速いのはどういう意味だ。「BPM＝192」じゃないんだよ。タテノリのグルーヴはまだ早いだろ。「どこからでも切れます」と書かれたマヨネーズの小袋は絶対に切れない。嘘のくせに丁寧語を使うな。言葉より検証を丁寧にやれ。

しかし、である。このたび、晴れて僕は説明する側となった。嬉しい。鬱憤《うっぷん》を晴らすときが来た。以降、恐らく世界初の正しい商品説明である。

まず、この本はどこからでも読める。基本的に一話完結だからだ。あのマヨネーズではない。信じていい。本当にどこからでもいい。裏を返せばどこで読み終えてもいいし、どこから読み直してもいい。

また、この本を読むうえで、事前に九月という芸人を知っている必要もない。初心者にオススメである。それなりにリズムよく進んでいくけれど、タテノリは要《い》らない。きっとBPM＝120くらいの、一緒に散歩するようなスピードの本である。

なお、読む際にかかる所要時間は、僕で二時間ほど（追い風一・二メートル。著者自身につき参考記録）だった。著者でないならばもっと時間のかかる可能性はある。

文章の難易度としては、所々で高低差こそあれ、押し並べて標準レベルである。「これが標準レベルになってほしい」という祈りではなく、恐らく本当に標準レベルである。好きなお茶でも飲みながら読んでいただきたい。

内容としては、辛すぎることも甘すぎることもない。四方八方へと毒舌《どくぜつ》と呪詛《じゅそ》をまき散らし続けるタイプの本でもない（部分的にはそうかもしれない）。かと言って、世界を丸ごと肯定する子守歌のような本でもない（部分的にはそうかもしれない）。

これは僕がふだん生きていて感じることを、ごく気ままに綴《つづ》ったエッセイである。

では、僕と一緒にBPM＝120の散歩をしよう。目次まで、あと一ページだ。

（目次）

自分らしさはもうある

地図を見ることが好きだ。暇なときには割とずっと地図を眺めている。小学生の頃には、誕生日プレゼントに地図をねだったこともある。「地理の試験に強くなる」「桃鉄でやや有利」「どこ出身の人と話しても何かしらの話題を出せる」など利点も多く、非常に実益的な趣味だ。しかしそんな実益とは一切関係なく、ごく単純に地図が好きだ。そもそも、好きってそういうものだったか。

地図を見ているとき、僕が考えるのはその土地ごとの暮らしのことだ。このアパートに住んでいる人は、どこへ買い物に行くのだろう。この学校の野球部は、どこをランニングコースにしているのだろう。やたらとオーバーサイズの服を着たサブカルかぶれのカップル（どうせどこにでもいる、たぶん一人残らず仏頂面だ）は、どこでデートをするのだろう。そういうことをぼんやり考えながら地図を眺める。

地図を見ると、少しだけ自由になれる気がする。異なった土地で生まれ、異なった土地で息をする自分を感じられるからだ。もし僕がここで生まれていたらどうなっていたかな、どんなふうに過ごしていたかなと考えると、少しだけ目の前の空気が広くなる。手軽かつ気持ちのいい趣味なので、多くの人に薦めたい。

地図を見ているときに自由を感じるのは、きっと僕が空間に縛り付けられて生きているからなのだろう。僕に限ったことではないな。人間はみな、空間の制約を受けて生きていく。地図を見ているときだけ、そのことを少し俯瞰《ふかん》できる。

僕が生まれたのは青森県だった。地図で見ると、複数の半島からなる面白い形をしている。便利な収納グッズみたいだ。壁などに引っかけるタイプの。特産品は果物、野菜、魚介類などであり、特にりんごの産地として全国的な知名度を有する。

青森県内におけるりんごへのこだわり、執着は尋常ではない。僕が育った地域では、給食のメニューに「りんご」が出た。りんごが丸々一個、全員に配られる。青森の子どもたち、おおむねみんなりんごが好きなのだけど、そうは言っても一個は多い。りんごに限って一個は多い。特に小学生なんかは、それだけでおなかいっぱいになりかねない。「カットフルーツにすればいいのでは？」と、クラスの誰もが思っていた。

りんごが丸々一個出る。それだけでもやや妙なのに、給食のりんごはなぜか「おかずの皿」にのって出てきた。ふざけるな。嘘をつくな。そんなわけないだろう。いやもちろん、「りんごをおかずにして飯を食え」という意味ではないはずだ。給食センター側も、りんごは食後のデザートだと認識しているはずだ。向こうは大人なんだ。そんなに馬鹿じゃない。でもりんごを丸ごと一個配ろうとすると、のせる皿が他にない。りんご一個は割と大きい。よって仕方なく、普段はコロッケやアジフライがのる皿を、りんごが陣取るのだ。

これは由々しき事態である。給食にりんごが出ると、おかずが一品減るのだ。とんでもない損失である。コロッケやアジフライを捨ててまで、地産地消に貢献しなければならないものか。カットフルーツにすればいいのに。技術的にも予算的にも、きっとできないことじゃないのに。あれは何だったんだ。たぶん今もある。

ちなみに、青森県ではにんにくも取れる。ものすごく取れる。全国的な知名度はりんごに劣るが、県内においてはりんごと同様に推されている。青森県産のりんごとにんにくをふんだんに使った焼肉のたれ、「スタミナ源たれ」は県民のソウルフードならぬソウル調味料である。ソウル調味料を使ったら、どんな料理もソウルフードになる。そういうわけで、青森県民のソウルフードは「スタミナ源たれ」を使った料理である。広い。海ぐらい広い。「スタミナ源たれ」は何にでも合うから。たぶん、「青森県民の冷蔵庫に絶対必要なものランキング」という全県アンケートをしたならば、第一位にこの「スタミナ源たれ」が鎮座する。

青森は良いところだった。食べ物もおいしいし、食べ物もおいしかった。しかし、僕は大学進学を機に離れることとなった。僕が向かったのは、京都だった。この進路選択には、明確な狙いがあった。それは、自分らしさを確立することだった。

十八歳時点で、自分に「青森県民的アイデンティティー」ないし「青森県民的想像力」が根付いていそうなことは、何となく直感していた。それは例えば、太宰治、寺山修司、人間椅子に連なるような、どこかいびつで、自然的で、ある種のおどろおどろしさを持った想像力だ。僕の言葉でいうと「妖怪的な」想像力となる。別に、自分が彼らに匹敵《ひってき》する才能だと思っていたわけではない。作風が似ているとか、そういうことでもない。太宰治と寺山修司と人間椅子にしたって、くくれるほど近いわけでもないだろう。ただ、少なくとも僕は彼らと同じ地域で生まれ育った。同じような風景を見て、同じ土地の養分を吸っているのだから、自分に流れる血や、自分の骨の一部に、何か近い響きが宿っているだろうと感じていた。

現時点での自分の、人間としての持ち物はそれだ、それだけだと直感していた。あとはそれが人生を通じて最大限に活きるように、機会を配置したかった。

だから僕は京都へ行った。青森県で育った自分の想像力に、何を掛け合わせたら面白いだろうと考えたところ、別の土地の養分だと思ったのだ。青森に残るのでもなく、仙台や盛岡など東北地方の中を移動するのでもなく、東京に出るのでもなく、京都。日本の古い都であり、豊かな伝統と文化が根付いており、たくさんの想像力が熟成された場所。京都の空気を吸い、土地の養分を吸い上げたら、青森県民的想像力との掛け算で、なんだかユニークなものが生まれるのではないかと期待したのだ。

京都に越してしばらく、青森の話ばかりを振られる自分がいた。青森出身の人間が少ない手前、どこに行っても青森の話を聞かれるのだ。京都の養分を吸い上げたいと意気込んでいたが、むしろ青森のことを話すばかりである。自分にとって意外な展開だった。早く京都を吸いたいのに。

その時期に交わした印象的な会話がある。冬のある日、京都出身の同級生から、

「京都の冬、青森より寒いやろ？」と言われたのだ。僕は耳を疑った。そんなわけがなさ過ぎる。こいつは何を言っているんだ。目が本気だ。ボケてない。ボケててくれよ。まったくこれだから京阪神《けいはんしん》セントリズムは。

「京阪神セントリズム」というのは、当時の僕が作った言葉である。関西地方特有の、なんでもかんでも京都・大阪・神戸の三項比較を基準に考える文化のことを言う。まともに栄えてるくせに世界が狭いのだ。そういう「都市圏でありながらローカルな響きを持っていること」は、僕が関西へ進学した決め手の一つだった。それは愛らしい閉鎖性でもあった。まさに僕が吸わんとする土地の養分でもある。しかし、京都が青森より寒いわけがない。たわけるな。たわけ。地図を見ろ。地図を。

京都は確かに寒いよ。でもそれは、京阪神の中で比べると寒いというだけだ。盆地だから底冷えするだとか、湿度の関係でどうだとか、それっぽいことを並べ立てるな。どんな要因が揃おうが、青森と比べるまでもない。だって緯度が違う。お前たちの真冬は俺の記憶の中秋だ。いいか、青森の冬を舐《な》めるな。一月となれば小学生はスキーウェアで登校するんだ。長靴じゃないと歩けない市街地があるんだ。うるさい！　百均があったら市街地だ！　どんだんずな（どうなってんだよ）。わいはー（驚き呆《あき》れることだなぁ）。ろー（直訳不能。相手を威嚇する音）。窓を二重にしてから出直して来い。まったく、青森の冬ってのはな……。

気付けば、故郷青森から遠く離れた京都で、県民代表として冬の寒さを滔々《とうとう》と語っていた。ハッとした。京都の養分を吸いにやってきたのに、結果として自分の出自である青森について、強く意識し、やかましく主張する自分がいた。そういうとき、僕は上手に喋れるでもない青森の方言を一生懸命それっぽく喋っていたりする。どこか浅はかで、我ながらばかばかしくなる。無理にローカル性をドーピングしてまで、俺は何をやっているのだろう。だけど、遠く離れた京都の地において、地元の話はコミュニケーションの重要なリソースだった。やるしかなかった。

もう一つ印象的な出来事が起こった。成人式である。

正直、僕は参加することにそんなに前のめりではなかった。そもそもコンセプトに惹かれない。成人式、「人に成る」とは書くけれど、たかが行事一つが人と人以外を分かとうとするのはだいぶ傲慢《ごうまん》だ。行事のくせして偉そうだ。タイトルから偉そうだ。「入学式」とか「合唱コンクール」とか、行事の名前ってふつう事実ベースでつけるだろ。何だよ「成人式」って。意味をまとうな。主張をするな。たかが行事が。儀礼のくせに。別に二十歳を区切りに何かが変わるわけでもないだろ。十九歳までの僕だって人間だっただろ。誉《ほま》れ高いふりして過去をディスるな。そもそも二十歳で人に成るってのがあんまりピンと来ない。二十歳以降の僕にも、まだまだ未熟なところがいっぱいある。二十歳に成って、何が変わるというのだろう。

家族は「せっかくだから行ったら？」と言うけれど、なんだかなと思う。なにせ遠方に進学してしまった手前、地元の友人との関わりはほとんどなくなっていた。連絡を取るのは数人しかいないし、そんな数人とは行事がなくても会える。そもそも、僕はもともとイベントごとへの出席率がそんなに高い部類の人間ではない。行かない選択肢も十分に有力だった。

しかし、成人式を逃《のが》したらもう地元の同級生と話すチャンスがないような気がした。結構悩んだが、「記念に参加しよう」くらいのモチベーションで参加することにした。

そして参加した成人式は、「行かなくてもよかったな」と思うくらいの内容で終わった。祝辞が右耳から左耳へと抜けていくのみで、特に何が行なわれるでもなかった。こんなに感慨のない式典も珍しいと思った。行くかどうか悩んでいた時間のほうが、色々なことを考えた気がする。そもそも、行事ってそういうものだったか。成人式という行事がなかったら、大人になるとは何か、僕も考えなかっただろうし。

成人式を終えたあとには、中学校ごとの同窓会があった。そのときになってわかったのだけど、どちらかと言えば同窓会のほうが本番であるのだという。事前に教えてくれよ。二番から盛り上がるタイプの曲ね。そういう構成ね。旧友たちと久しぶりに再会する。いいね。僕もだんだんに楽しみになってきた。

そして、その場で僕は「京都から来た人」として扱われた。ほとんど転校生扱いである。あの頃は毎日同じ制服を着ていたのに。京都では青森県出身者とほとんど出会わなかったけれど、それはつまり、青森から京都へ出る人がほとんどいないということでもあった。僕は質問攻めにあった。「京都ってどんなところなの？」「やっぱりどんなのだしって違うの？」。これらの会話の中で、僕は自分がいま京都に住んでいることを、むしろ強く意識させられていく。僕が京都で経験している「青森ってどんなところなの？」コミュニケーションと、綺麗に真逆の構図である。

そんな会話の途中、とある同級生が「京都なんて寺しかねえべ」と言った。瞬間、僕はカチンと来た。青森県民が何言うてんねん。京都市だけで青森県の総人口よりちょっと多いくらい人住んでんねん。髙島屋あんねん。伊勢丹もあんねん。知らんやろ。阪急（阪急京都線）も京阪（京阪電車）も近鉄（近鉄京都線）も地下鉄も通ってんねん。叡電《えいでん》（叡山電車）と嵐電《らんでん》（京福電気鉄道嵐山本線）は地元の奴しか知らんけどあんねん。新京極《しんきょうごく》は栄えてるけどお土産屋さん系ばっかやから住んでる人はあんま行かん。京都タワーは地味スポットって言われがちやけど、冬場にはイルミネーションでサイケデリックになんねんで。ピンクとか薄紫とかになるからなんか不気味やねん。「ドラクエ7（ドラゴンクエストⅦエデンの戦士たち）」でオルゴ・デミーラがおったクリスタルパレスがダークパレスに変化するとこ覚えてる？　ほぼあの感じやねん。その点どうや、青森県内にタワーあんのけ。アスパム（青森県観光物産館）は例外やからな。あれ三角錐《さんかくすい》やから。タワーちゃうから。錐《すい》やから。あれ錐やから。

気付けば、京都から遠く離れた故郷で、京都府民代表として京都の発展具合を滔々と語っていた。今度は上手に喋れるでもない関西方言を一生懸命それっぽく喋っている。やっぱりどこか浅はかに思えて、自分のやっていることがばかばかしくなる。俺は一体どこの誰なんだろう、と思った。

京都へ帰る新幹線の中、ぼんやりと考えた。青森で、あんなにも京都の人間として振る舞ってしまった。京都ではまたきっと、青森の人間として振る舞うことになる。俺はなんて浅はかで、なんてカメレオンで、なんて実体がないんだろう。自分には足場というものがない。ぽっかりと宙に浮かんで、その場その場で自分らしさを捏造《ねつぞう》しているだけだ。

しかし移り変わっていく景色を見ながら、何となく気付く。そんなふうに揺れ動くこと自体、アイデンティティーの在り方としては、とてもリアルなんじゃないか。あちこちを移動するたび、今自分がいない土地と結びついたアイデンティティーを自覚する。それは人間にとって、とても自然なことだ。新幹線が南下するにともなって、風景から雪が消えていく。このことが、むしろ青森県が雪国であることを強調している。子どもの頃の雪かきの思い出を、今やっと思い出す。あの冷たさ。雪の重さ。母の赤い頬《ほほ》。一段落ついた頃に来る無情の吹雪《ふぶき》。あの絶望感が今ありありと戻って来る。

車窓には雪など映っていないのに雪の匂いがする。アイデンティティーが揺れ動くのは、僕に実体がないからではない。視点としての僕が、移動しているからだ。

青森と京都。二つの土地にアイデンティティーを感じ、自分はどこの誰なのだろうと揺れ動くことは、僕が移動しているからこそ起こるものだ。それはすなわち、移動している現実の、現在の自分らしさだ。「自分らしさ」が固定されたものである必要なんてない。自分が移動しているのだから、自分らしさも移動するに決まっている。揺れることや動くことを含めて、今の自分なのだ。そりゃそうだ。生きていたら止まっていられないんだから、自分らしさは動いたっていい。

そう気付いた瞬間、視界が一気に開ける感覚があった。僕は自分を確立するための養分を吸うべく、京都へと移動したはずだった。しかし養分を吸う前から、その選択をした時点で、どうやら「揺れ動く自分の自分らしさ」は始まっていたのだ。いや、あるいは京都に出る選択をする前からそうだ。自分の中には、もう自分らしさがあったのだ。動くからわからなくなるだけで、動いてきたからには、既に自分らしさがあるのだ。

ものすごく当たり前のことだけど、自分らしさはもうある。いつだって、誰にだってもうある。「自分探し」のような言葉が流行《はや》っているし、自分らしく生きろというスローガンがあちこちに溢《あふ》れているし、自分って何なのだろうと考えねばならない気がしてしまうけど、あんなの全部嘘っぱちだ。自分らしさはもうある。ちょっと振り返ればある。別に見つかる。ないわけがない。

そりゃそうだ。人はみんな、生きてきたから生きているのだ。そこにはその人固有の歴史がある。存在としての厚みや重みがあるし、個としての独立性があるに決まっているのだ。この広い世界の中で、自分の身体を持って生きてきた・生きているのは自分だけだし、どうやら「自分」という意識を持って生きているのも自分だけであるようなのだから、それで十分だ。そのままで「自分らしい」ことにしてよい。

その「自分らしさ」が、いかにもいい感じのものである必要なんてない。ぱっと見で横の奴と被っていてもいい。はっきりと言語化できるものである必要さえない。なんだっていい。十分にそのままで自分らしい。

そんなことを考えながら、新幹線に六時間揺られ、京都に到着する。地図上の僕は結構動いている。「スタミナ源たれ」を小脇に抱えながら、ついつい「人に成ってしまった気がする」なんて思った。成人式ってなんだったんだろう。中身は大したことなかったのに、前後で色々なことを考えてしまった。ああ、行事ってそういうものだったか。

頭でっかち屁理屈ぐうたら空想自我持ち肉団子

「人からどう見られているか」は、かなり重要な問題だ。見られている通りに振る舞わねばならない場面が、日常にはたくさんあるからだ。この集団では年長のまとめ役として期待されているなとか、豊富なアイディアを求められているなとか、今は何もせずその他大勢であることが重要だなとか。

大なり小なり、人は見られ方を考えながら生きている。自分は一人でも、見られ方はたくさんある。ここで難しいのは、その場その場での見られ方を、自分では選べないことだ。

少し前まで、結構悩んでいた。人前に出るとき「京大卒の芸人」という肩書きがついて回ることが、じんわり嫌だったのだ。経歴上の事実ではあるし、母校への愛着もあるし、今の芸風やスタイルの重要な土壌でもあるのだけど、嫌なものは嫌だった。

というのも、「京大卒芸人」という語は、しばしば「計算高い権力志向の実用エリートボンボン」くらいの響きを持ってしまうのだ。しかし僕の実態はほとんど真逆である。「頭でっかち屁理屈ぐうたら空想自我持ち肉団子」くらいに思ってほしい。それもどうかと思うけれど、そっちのほうがより実態に即している。実態よりよく見られたいとは思わないけれど、誤解はされたくない。

そういった誤解を受けると、必ず損をする。まずほとんどの場合、すぐに嫌われる。そりゃそうだ。「計算高い権力志向の実用エリートボンボン」なんて、だいたいみんなが嫌いだ。僕だってそうだ。怖過ぎる。「担当弁護士」とか「出資者」以外で会いたくない。そもそも、芸人というのは人を笑わせる仕事なのだから、少し舐められているくらいがやりやすかったりもする。あんまり構えられても得がない。

あるいは、ごくわずかなケース、「京大卒芸人」であることを理由に好かれることがあったとして、だんだんに「なんか違うな」と気付かれて人が去る。そりゃそうだ。「計算高い権力志向の実用エリートボンボン」だと思って興味を持った相手が、「頭でっかち屁理屈ぐうたら空想自我持ち肉団子」だったら去るに決まっている。オーダーと違い過ぎる。このパターンの人たちも、「構えている」という意味では変わらない。「構えてた感じじゃないな」とがっかりされるだけなのだ。結果、どう転んでも得がない。

肩書きからのイメージによって、これまで様々なことを言われてきた。「学歴高いのが面白いと思ってんの?」、面白いわけないだろ。他人が勉強できてもムカつくだけだろ。「どうせ政界進出する踏み台なんでしょ」、後々で政治家になる奴はいるかもしれないけど、初めから政治家志望の芸人はいるわけないだろ。遠いって。「うんちとか面白がらなさそう」、うんちが一番面白いだろ。ふざけんな。

きっと、そういう言葉の何割かは、僕へのパスだったのだと思う。そういう言葉に対して、いかにも「計算高い権力志向の実用エリートボンボン」が言いそうなことを、いかにも嫌らしく皮肉っぽく返せていたら、相手は満足したのかもしれない。でも、僕にはできなかった。出すべき言葉が自分の中になかったのだ。「そうですね、うんちよりニーチェのほうが面白いですよ」とか言ってみたい。言えない。ニーチェが悪いわけじゃない。うんちが面白過ぎる。

自分のアイデンティティーの一部が、どうしてこんなにも実態と違う響きをしてしまうのか、結構長らく悩んでいた。そして結論が出た。どうやら原因は、「アイデンティティー」が「キャラクター」に変換される際、認識上の修正が働くことにある。ある人をあるキャラクターだと認識するとき、「その人らしさ」よりも、そのキャラクターから連想されるテンプレート、「キャラクターらしさ」のほうが優先されてしまうようなのだ。

例えば「鉄道が大好きな人」がいたとする。その人は駅名や路線、電車についてかなり詳しい。これはその人本来のアイデンティティーだ。しかし、そのアイデンティティーが「キャラクター」に変換されるとき、その人は「熱くなったら早口で喋る」みたいなことまで期待されてしまう。本当に早口かどうかは問題じゃない。鉄道ファンが本当に早口な傾向を持っているのかさえ問題じゃない。「皆がそのキャラクターについて想像するあるある」だけが問題になる。そういった「キャラクターらしさ」をなぞらないと、キャラクターがわかりやすく機能しないのだ。その人はゆっくり喋りたい人間かもしれない。でも、そういう個体差は切り捨てられ、その人には早口が期待されてしまう。

このような現象が、まさに自分に起こっていた。ややこしい状況だった。自分に合わない「キャラクターらしさ」が期待されているとき、求められたものを出そうと思っても、上手く出せない。必ずボロが出る。ボロが出てしまうと、キャラクターは破綻《はたん》する。

かと言って、「キャラクターらしさ」を全て無視することも難しい。というか、「キャラクターらしさ」を完全に無視してはいけない。それは相手と自分を繋ぐ接触面だ。相手はこちらに「キャラクターらしさ」をあてがうことで、ある種の取扱説明書に従おうとしている。こちらが全く取扱説明書通りに動かなかったならば、相手からして全く理解のできない存在となってしまう。すると、相手は去って行ってしまう。「キャラクターらしさ」への期待に応えたい気持ちもあるし、期待に応えられない現実もあるし、本当の自分に触れてほしいという願望もある。そのはざまで、僕は身動きが取れなくなっていた。経歴を隠したり、わざと自分らしくないことをしてみたりした。

こうした状況に陥ったことがあるのは、きっと僕だけではない。「めっちゃB型だよね」「強そう」「野球部、超しっくりくる」「妹っぽいよね」などなど、身の回りには他者のアイデンティティーをキャラクターに変換し、何らかの「キャラクターらしさ」をあてがおうとする言葉がたくさんある。きっと多くの人が、「キャラクターらしさ」とどう付き合うか悩んでいる。

そして、僕はあるとき気が付いた。この問題は芸人ならではの方法や考え方で解決できる。つまり、与えられる「キャラクターらしさ」とは、お笑いで言うところの「フリ」なのだ。舞台上にフリがあるとき、芸人はそのフリに乗っかることもできるし、乗らないこともできる。このとき、全てに乗っかるだけではダメだし、全てに乗らないだけでもダメだ。双方をバランスよくやっていくことによって、舞台上でやれることは広がっていく。

全く同じことをすればいい。あてがわれる「キャラクターらしさ」に対して、たまに乗っかったり、適度に外したりすればいいのだ。ただ従うのでもなく、ただ裏切るのでもない。どっちもやればいい。「やっぱり思った通りの奴なんだ」と「でも意外な一面もあるんだ」を往復する。すると、自ずとキャラクターの可動域が広がっていく。だんだんに、自分らしく振る舞えるスペースを手に入れられる。きっと、無理のないペースで「見られ方」も変わっていく。「キャラクターらしさ」ではくくれない、自分本来のアイデンティティーまで、周囲が辿《たど》り着いてくれる。

そういうふうにして、僕はとうとう、周りの人たちから見て「頭でっかち屁理屈ぐうたら空想自我持ち肉団子」としてのキャラクターを獲得しつつある。今や僕に「政界進出するの？」なんて聞く人はほとんどいない。多くの人が、「食べ物と結婚するならどれですか?」「アルファベットの国があったら、大統領は誰だと思いますか?」「ウォシュレットってちょっと洋菓子みたいな響きだと思いません?」などと聞いてくれる。……あまり舐めないでほしい。一応答えると、「プリン」「K」「同感」。

※この（文）章は一人称を使わずに書かれています

小学三年生というのは、一人称にとって絶妙な時期だった。友達のほとんどは、一人称「僕」から一人称「俺」への移行を終えていた。

日曜朝のテレビアニメに登場する少年たちも、ほとんどみなが「俺」と言う。画面の中では、「僕」と言う人間はみな変わり者だった。「俺」こそが健康優良児の証《あかし》であり、そこからはぐれた者だけが、延々とお古《ふる》の「僕」にしがみ付いているようだった。一人称「僕」はダサいという価値観をひしひしと感じた。

それでも、自分の一人称は「僕」であるべきだと考えていた。どこか優等生然とした、清潔な響きが心地よかった。一方で「俺」と来たら、どこか軽薄で威張ったようなトーンがある。抵抗があった。「俺」の悪ぶっている感じ。ただ悪ぶっているだけの感じ。「俺」と名乗るならば、「俺」相応の強さや図太さを備えた人間でいなければならないだろう。明らかに「俺」に満たぬまま「俺」と言う級友たちを、横目で眺めては「おいおい、値《あたい》するのか？」と思っていた。

ここまでで十分に伝わるだろうが、めちゃくちゃ嫌な奴だった。誰かがほんの小さく転ぶのを見ては心の中で嘲笑し、自分の転ぶ姿は面白おかしく誇張し、ユーモアをまぶしてはさも商品のように人目に並べ、本当の本当に転ぶ姿は誰にも見せまいとする、小童《こわつぱ》にして自意識の妖怪だった。

だんだんに、クラスの中で「僕」と名乗る人が少なくなっていく。結果、周囲からは「こいつ、『僕』なんだ」という舐めた視線を向けられるようになる。それは確かに、自意識の妖怪にとってある種の耐えがたさを感じさせかねない状況だった。

しかし、「僕」と名乗ることをやめるつもりはなかった。ある確信をもとにほくそ笑んでいた。「僕」とは、加齢に伴って旨味《うまみ》が出てくる一人称なのだ。二十代の「僕」、三十代の「僕」、四十代の「僕」、五十代の「僕」、六十代の「僕」……。どんどん紳士的な雰囲気や、理知的なニュアンスが醸成《じようせい》される。どんどんコクが出る。「僕」は鍋の中の日高昆布だ。……日高昆布だ。日高昆布なのだ！

一方で「俺」はどうだろう。二十代や三十代ならよいかもしれない。短期的な旨味はあるだろう。しかし四十代、五十代となるにつれ、雲行きは怪しくなってくる。「俺」が様になる老人など、この世にどれだけいるだろう。「俺」に見合うような年の取り方を、誰もができるはずがない。加齢に伴い、「俺」からは旨味が消え、少しずつ雑味が出始める。それはさながら、煮崩れを起こしたあとで硬くなり、灰汁《あく》を放つだけの塊となった牛バラ肉だ。……牛バラ肉だ。牛バラ肉なのだ！

一生という鍋は長い。昆布人間と牛バラ人間、これはもう、昆布にベットするしかない。昆布人間として生きるのだ。牛バラの「俺」に負けるのは、子ども時代の今だけだ。昆布の「僕」を終生《しゅうせい》使うぞ。後から旨い出汁《だし》が染みるぞ。食べ頃を過ぎた牛バラを捨て、やっぱり鍋に昆布に戻すときのお前たちの情けない顔を見てやろう。長いスパンを見据え、少年は意地悪く意気込んでいた。

ところが、一人称「僕」には大きな落とし穴があった。小学生が口にする「僕」は、どうやら「ボク」として受け取られているっぽいのだ。なんだかわからないが、聞き手が勝手にカタカナに変換している感じがする。

「僕」は　↓　「ボク」は。

この上ない屈辱だった。「僕」は「僕」だからシュッとしているのだ。「僕」だから昆布なのだ。「ボク」は違う。昆布でも牛バラでもない。グミだ。キャラクターの形に整えられた、砂糖の味しかしないあのグミだ。一生使える一人称なわけがない。

「僕」は「僕」だからいいのだ。ひらがなの「ぼく」は許容範囲だが、カタカナの「ボク」は耐えがたいほどに違う。しんどい。しんどすぎる。「僕」と口にするたび、それが「ボク」に変換されている感覚は、日に日に蓄積し、大きな嫌悪感となり、軋轢《あつれき》となっていった。

そして、ある日のことだった。近所のおばさんに「自分のことを『ボク』って言うんだね。おとなしい子だね」（それは明らかにカタカナの「ボク」だった）と言われた。その瞬間、ダムが決壊するように、地中からアブラゼミが這《は》い出すように、水平線から朝焼けが零《こぼ》れて広がるように、体の中からドバドバドバドバと「俺」が染み出してきた。「ボク」と成り果てた「僕」を捨て、「俺」を名乗るしかない。羞恥心のみによる一人称の脱皮、自意識の妖怪らしい末路である。

「俺」は。

新しい一人称の使い心地は悪くなかった。これならこれで、「俺」なら「俺」でと思ったあたりで、異変を感じた。どうやら周囲は、それを「オレ」と変換しているようだったのだ。「ボク」がグミなら「オレ」はガムだ。視界に黒い霧のような絶望が広がる。早く一人称をカタカナに変換されない年齢になりたいと思った。

俺、酸素ボンベ要らんねん

意味のないことは面白いなと思う。それはきっと、生活の中では意味を求められることが多いからだ。暮らしはあちこち意味だらけで、たまに嫌になってしまう。だから他人が意味のないことをしている瞬間を見ると、なんだか嬉しくなってくる。僕は、しょっちゅう意味のないことをする。それはきっと面白さでもあるのだけど、意味を求められてしまったら、途端にただの間違いになってしまうことばかりだ。その点、他人が意味のないことをしている姿を見ると、自分以外にも無意味さがあるんだ、意味がなくたっていいんだな、と安心できる。

ラッキーなことに、僕にはびっくりするぐらい意味のないことをする友達がいる。印象的な出来事がある。その日、僕たちはちょっと小腹が空いていた。ふと見かけたパン屋さんでコッペパンを一つ買い、二人で分けることにした。僕が「適当にちぎってちょうだい」と言うと、彼は「ちゃんと二つに分けたい」と言い、コッペパンを傾けたり、裏返したり、色々な角度から眺め始めた。

一体どうするつもりだろうと思っていると、彼は決心したような顔をしたのち、筆箱からペンを取り出した。そしてなんと、コッペパンの中心に、直接線を引き始めたのだ。僕は度肝を抜かれた。食べ物にペンで線を引いていいわけがない。そもそもコッペパンを分けるなんて、厳密さが要る場面でもない。分けられたコッペパンが、ちょっと大きかろうが、小さかろうがどうだっていい。線が引いてあるほうが嫌だ。しかし彼はコッペパンに線を引く。それも丁寧に引く。

そして線を引き終えたところで、彼はコッペパンを端から少しずつ食べ始めた。だんだん、自分で引いた線へ、と近づいていく。そして、線を越えた。さらっと越えた。そのまま全部食った。自分で線を引いたコッペパンを、全部食った。コッペパンが一つなくなった。僕が呆気にとられていると、彼は「ごめん、ミスった」と言った。何が「ミスった」なんだろう。どこからがミスなんだろう。これは僕の人生屈指の無意味な思い出である。無意味過ぎて、思い出すたびに嬉しくなる。

そんな彼は、高校生の頃から十五年近くずっと同じマクドナルドでアルバイトをしている。愛想がよく、てきぱきと動ける奴なので、きっと性に合うバイト先なのだろうとは思う。しかし、働き方がおかしい。三十路も近くなった今、彼は別の会社でフルタイムの正社員として働きながら、激務の間を縫い、マクドナルドでアルバイトをしている。会社の業務が終わった後で、店舗の締め作業に向かうのが日常だ。本当に忙しそうにしている。それも最近、なぜか時給が下がったらしい。

なぜ時給が下がってもなお、無理してまでマクドナルドでアルバイトを続けるのか、気になって尋ねたことがある。彼は「一生マクドナルドで働きたいから」と言った。僕は「だったら、マクドナルドで正社員になればいいんじゃないの」と言った。すると彼は、「マクドナルドに縛られたくないねん」と言った。ふざけるな、と思った。「今まさに縛られてるだろ」と僕。「俺、メタ認知知らんねん」と彼。「俺、メタ認知知らんねん」という文言、たった十一文字で完全に矛盾している。メタ認知、知ってるじゃないか。いい加減にしろ。ちょっと休め。

彼の良いところは、彼のする意味のないことについて、掘り下げれば掘り下げるほど新たな意味のないことが現れてくるところだ。意味を探そうとしても、どこまでも意味がない。手ごたえが一向に得られない。無限に似たものを感じる。こんなにも意味から自由でいられたなら、きっと何をやっても楽しいだろう。現に彼は、正社員とアルバイトのダブルワークの日々を、すごく楽しそうに過ごしている。どう考えても息苦しいであろうその日々に、息苦しさを全く感じていないようだ。彼の周囲には、何となく酸素が多い気がする。生身で宇宙に降り立っても、彼だけは死なない気がする。遠い未来、マクドナルド月面店が開店したとき、彼はきっと酸素ボンベなしで締め作業をする。そしてきっと「俺、酸素ボンベ要らんねん」とか言っている。そのとき、酸素ボンベを背負ってはいたら最高だな。本当に意味がない。

一方、僕たちの生活に目をやると、あちこちで意味が求められている。息苦しい。いや、もし仮に、本当にこの世に意味のあることが溢れているなら、別にそれでいい。しかし、この世には意味のあることばかりではない。意味のないことが意味のあることになっているのを見たり、意味のないことを意味のあることにしないといけない場面に遭遇したりすると、かなり息苦しい。酸素が少なくなる気がする。地上にいるのに窒息しそうだ。別に全部、意味がなくたっていいのにと思う。

特に、やたらと「深い」という言葉が使われているのを見ると、なんだかなという気持ちになる。「深い話だ」「あの人が言うことは深い」だとか、さらに進んで、「あの人は深い」と人物を丸ごと深いことにする言い回しだとか。嫌だ。じんわり嫌だ。「深い」って、やみくもに言っていいものなのか。「深い」と言うだけで、なんでもかんでも意味があることになってしまう。でも、本当にそうなのか。「深い」と言われているものは、本当に深い意味があるのか。そんなに意味があることにしたいのか。

人が何かに対して「深い」とリアクションするとき、確かにそこに「深い意味がありそうな感じ」を汲み取っているのだろう。それ自体に嘘はないはずだ。でも、「深い意味がありそうな感じ」を「深い」と表現してしまうと、「深い意味がありそうな感じ」が「(実際に深いかどうかわからないのに)深い」ということになってしまう。なんだかとてもむず痒《がゆ》い。「深い」という言葉が登場すると、途端に話を掘り進めにくくなってしまう。やり取りが何かを達成した感じになってしまう。「深い」という言葉は、「何となく深そうなここらへんで、とりあえず深いということにしよう」という、終了の合図になりかねない。そこはもっと掘り進められそうな地点であり、実はここからもっと面白くなりうるポイントかもしれないのに。思考や会話が何らかの意味に行き着いて、そこから先がもうなくなってしまったあの感じが、僕にはとても寂しい。

物事の意味やその深さなんて、きっとすぐにはわからない。曖昧な手触りから始まって、ゆっくり考えたり、その手触りを忘れたり、急に思い出したりしながら、徐々にわかっていくしかない。その過程で、「これはこういうことだったんだ」「案外自分と通ずるな」などと思ったりする。忘却と想起、思索と現実、そういった往復運動、深浅の行き来を通じて、そこに浮かぶ意味を捕まえていくしかない。「深い」という言葉は、そういう過程を省略して、結果だけをキャッチーに表現してしまう。便利だけど、やっぱり寂しい。ここは深くないぞ、まだ浅いぞ、もっといけるぞ、この先に何かあるぞ、と信じていたい。

その点、「意味のないこと」は心地よい。なぜこんなにも意味がないのだろうと、いくらでも考え続けられる。もともと意味のないことなのだから、噛んでも味がなくならない。ないガムが一番長い。終わりも始まりもない。そうやって意味のなさと付き合っているうち、突如意味が判明したりするかもしれない。それはそれで面白い。意味がないと思われたことに意味があったなら、それに勝るカタルシスはない。

もしかしたら、あの日のコッペパンの中心線にも、深い意味があったのかもしれない。何度も考えている。今のところ、何の意味も感じられていない。まだまだ無意味が心地よい。

太宰治ループから逃げろ

誰にでも、頭の中にオリジナルの言葉があるんじゃないかと思う。辞書には載っていなくて、誰にも伝わらなくて、だけど自分にとっては名前をつけて呼ぶべき何か。それしかないと思える名付けをした何か。誰にでもそういうものがあるはずだ。

いや、まあ、ないかもしれない。なにせ頭の中のことだから、実際どうなのかはわからない。人に聞いて確かめて回ったわけではない。こういうことを書くなら聞いて確かめて回るのが筋だと思うけれど、やってない。できない。実際にそうしようものなら、めちゃくちゃ怖い人になってしまうからだ。

「ここのカレー、めっちゃ美味しかったね。ところでごめんね。ちょっと聞きたいんだけどさ、頭の中の言葉ってある？　ううん、座右の銘とかじゃない。頭の中の言葉。ねえ、ある？　あのさ、頭の中の言葉。あるかないか答えてよ。頭の中の言葉。頭の中の言葉だって。お願い。あるかないかだけでいいから。あるかないかだけ」

「おっ、久しぶり。高校の時以来だな。忙しい中ありがとな。今日呼んだのはさ、一つ聞きたいことがあるんだよ。お前さ、頭の中の言葉ってある？　頭の中の言葉。頭の中のやつ。頭の中の言葉だから、俺は聞いてもわかんないと思うんだけど。だって俺にわかったら、それはもう頭の外の言葉だから。ねえ、ある？　あるかないかだけでいいから。あるかないかだけ」

仮定の僕が、交友関係を二つなくした。「頭の中の言葉」なんて言葉、響きが怖過ぎるから仕方がない。交友関係をなくしたのが、仮定の僕でよかった。「仮定の僕」もちょっと怖いな。仮定しているのも、されているのも僕だもんな。

他人がどうかはわからないが、少なくとも僕には、しょっちゅう頭に浮かぶ自分だけの言葉がある。「太宰治ループ」である。

「太宰治」については今さら説明不要だろう。近代日本を代表する小説家の一人であり、その極端な選択による死を含めて伝説となった。彼の作品は今なお根強く読まれ、彼の生き方や在り方は妖《あや》しいカリスマ性を放ち続けている。故郷は僕と同じ青森県。青森の田園風景を描いた作品や、上京者の心理を描いた作品などが多数あるため、僕自身かなり自分を重ねやすい。かなり親しんできた作家である。青春のセンチメントや鬱屈《うっくつ》とした自意識を描きながらも、時にどこかユーモラスな文体は、僕のコント制作にも影響を及ぼしているだろう。勝手なことを言えば、太宰治が現代に生きていたならば、小説家ではなく芸人になっていたのではないかと思っている。ある種の個人的な親近感さえある。

しかし、太宰治には、というか太宰治が作り上げた文化圏には、負の側面、しんどい精神習慣がある。それはすなわち、「あらゆることに自虐的になり、自傷的になる。その自虐的であり自傷的であることに対してさらに自虐的になり、自傷的になる」というループである。僕はこれを「太宰治ループ」と呼んでいる。太宰作品で言うなら、特に『人間失格』で見られる。太宰自身もある程度そういう人間だったのかもしれない。しかし、それ以上に太宰治フォロワーたちに見られる傾向だ。いくつか具体的なものを示そうと思う。

「他人が悪い、社会が悪い。いやそんなことを考えている自分が悪い。いやそんなふうに思わせる他人が悪い、社会が悪い。いやいや、そんなことを考える自分が悪い。いやそんなふうに思わせる他人が悪い、社会が悪い。いやいやいや、そんなことを考えている自分が……」

「寂しい。本当に寂しい。いや自分はこの寂しさを感じるには値しない人間である。

そのことが寂しい。本当に寂しい。いやいや、自分はこの寂しさを感じるに値しない人間である。そのことが寂しい。本当に寂しい。いやいやいや、自分はこの寂しさを……」

これらが典型的な「太宰治ループ」である。どんどんメタに、メタにと自分を遠ざけながら傷つけていく、見えない自傷行為である。当然、こんなことをしても根本的な課題解決には至らない。ただただ、自分を卑下する理由が生まれ続ける。自分を卑下する理由がある限り、ループは安定して回転を続ける。結果、太宰治ループそれ自体がループしてしまう。

こんなにも不毛で破滅的なことはない。しかし、太宰治ループをやめることは難しい。なぜなら、太宰治ループは「自嘲」の成分をも含んでいるからだ。太宰治ループが不毛で破滅的であることについて、さも「わかっていますよ、わかっていて落ちて行くの、馬鹿でしょう」という顔を作れてしまうのだ。この「自嘲」は、太宰治ループに凶悪な依存性を添加する。ループしている限り、あらゆる批判や正論を突っぱねることができてしまうのだ。

「お前、太宰治ループするの、気取っててダサいぞ」

「ええ、わかっていますよ。太宰治ループって気取っている感じに見えるでしょう。でもそんなことはわかっているんです。わかってやってる僕、それこそ気取っててダサいでしょう」

「お前、太宰治ループしてたら、出られなくなるぞ」

「そうなんです。出られなくなるんです。だからこそやっているんですよ。ああ、また出られなくなったのです」

「お前、話通じないな」

「そうなんです。通じないんです」

このモードに入ってしまったら、もう他者との会話が同じ次元では成立しなくなる。太宰治ループが、太宰治ループによって守られてしまう。自分に関する言及が、全て自分に関する予言となり、それが自動的に叶えられていく。良い言葉を使うと幸せになれるという、「引き寄せの法則」の真逆のようなシステムである。

最悪である。太宰治ループは本当に最悪である。何が最悪って、これだけ破滅的なのに、ちょっとかっこいいのである。哀愁とほのかな狂気と破滅の美学とお耽美《たんび》オーラを、インスタントにまとえてしまうのである。一時的なアイデンティティーの捏造くらいには貢献してしまうのだ。本当に最悪である。なんでかっこいいんだよ。

いや、かっこよくない。本当はかっこよくない。絶対にかっこよくない。いつまたループするかわからない自分やあなたのために、太宰治ループが抱える致命的な問題点を提示しておこう。太宰治ループを断ち切るために。

まず、太宰治ループは太宰治ではない。そんなことをしても太宰治にはなれないし、太宰治ほどポーズが決まることもない。太宰以降に生きる我々がやってみたところで、太宰治への敗北だけが待っている。そのやり口で太宰治を超えた者はいない。

次に、太宰治ループはループでもない。ループしているようで、緩慢《かんまん》な精神的頽廃《たいはい》の果てに、確実に人は死ぬ。当の太宰治自身も、ループし続けることも、ループを超えることもなく極端な選択による死を選んだ。太宰治自身が太宰治ループを成し遂げていない。だから、本当に誰もやらなくていい。ループのようでいて、実はループではない。終わりのない円ではなく、その先には死の淵があるのみだ。

僕もあなたも、自分を必要以上に傷付けなくていい。メタにメタにと足場を遠ざけて、緩やかに壊れなくていい。僕らは自傷の渦に飲まれなくていい。

きっといつでも自分の身体に立ち返って、現実を生きるしかない。飯を食ったり、寝たり、風呂に入ったり、歯を磨いたり、時には散歩をしたり、花を飾ったり。そういう暮らしの端々を愛おしみながら、生身の身体を生き続けるしかない。

自分の欠点も、失敗も、取り立てて気にする必要はない。現実から零れてしまいそうになるほど、自分を遠ざける必要はない。自虐も自傷も自嘲も必要ない。面白いものはもっと外側に見つけていい。地に足をつけて生きていこうじゃないか。

そういう当たり前の結論を選ぶことは、かっこいい。きっと一番かっこいい。いや、ダサい。それをかっこいいと考えることが、もうダサい。そんなことはない。ダサいのがかっこいい。いや、ダサいのがかっこいいと思うこと自体がダサい。ああ、こんなことを考えているのがダサい。ダサいとわかりながら、考えていること自体が……

逃げろ！

僕は走っている

僕は今、走っている！

嘘じゃない。走っている。「お前は文章を書いているだろう」と思われるかもしれないが、本当の本当に僕は走っている。走りながらこの文章を書いている。パソコンをカタカタ打っているわけでもないし、スマートフォンの画面を撫でているわけでもない。「紙にペンを走らせている」とかでもない。そんな冗談で済ませてたまるものか。くだらん。僕は走っている。実際に走っている！　ＢＰＭ＝２００だ！

なぜ、僕が本の中で急に走り出したかというと、僕が自分の身体というものを忘れそうになったからだ。これはもう、本というメディアが悪い！　執筆という方法が悪い！　頭の中だけで物事をやっていると、身体よりも大事なものがあると勘違いしそうになる。でもそんなわけはない。そんなことがあってたまるか。身体が一番大事だし、身体こそが僕だ。

だから僕は走っている。必死で走っている。呼吸が苦しい。足が痛い。胸のあたりがキリキリと狭くなる。思いのほか冷たい外気が肺を突き刺してくる。僕は今、僕がただの肉体でしかないことを実感している。

自分が肉体でしかないことを実感することはとても楽しい。肉体でしかないことはあまりにも無力だ。その無力さが嬉しい。

もっとも、走ること自体は別に楽しくないし、嬉しくもない。

考えてみれば、人は走らなくていいように色々なものを発明した。自転車だって、車だって、手紙だって、電話だって、SNSだって、インターネットだって、人が走らなくていいようにするために生まれたのだ。本だってそうだ。本は、走らないためにあったんだ。今気が付いた、納得だ！　本を書いているなら、走らなくていいじゃないか！

いや、それでも僕は走る。どこかへ行くためではない。目的地なんかあってたまるか！　何かを伝えるためではない。伝言なんか一つもない！　誰にも何も言いたくない！　僕はただ、走るために走るのだ！

僕は今、自分自身が無力な肉の塊であることを、頭に、身体に、丸ごと僕にわからせるために走っているのだ！　たったそれだけなんだ！　それ以外は何もないんだ！

おい！　今この文章を読んでいる奴！　読むな！　走れ！　走れば、本なんか読む必要がない。少なくとも僕の本の、この部分を読む必要なんかない。走れ！　走れば全部わかる。僕はもう、走ってわかることしか書かない！　もし走ってもわからなかったら、もっと走れ！

日夜、様々な技術が発展している。少し前まで、「クリエイティブな仕事だけは機械に取って代わられない」とかいう巷説《こうせつ》があったが、どうやら丸ごと間違いだったようだ。そう思わせるような技術がモリモリ登場している。令和一桁年代の現在、絵も音楽も質問回答も、ＡＩがはちゃめちゃにこなしてしまっている。

おい！　「クリエイティブなことを機械はできない」とかうそぶいた奴！　お前は走り込みが足りない！　走れ！　走らないから間違うんだ！

正直、現代文明の進化がめちゃくちゃ怖い。ＡＩめっちゃ怖い。自分の生活に近い範囲で怖い。僕は芸人だ。お笑いだって、あいつらがモリモリやってしまう可能性がある。そのときどうする？　人間に何が残される？

僕にはわかる。走ることだ！　残るのは、走ることなんだ！　どれだけ意味がなくても走ることだ！　それだけは絶対に残るんだ！

おい！　機械！　走れるもんなら走ってみろ！　たぶん僕のほうが速いし、僕のほうがわかっているぞ！　走らない機械なんかより、走っている僕のほうが断然に強い！

おい！　読者！　走れ！　さっき走れって言ったろ！　なんでまだ読んでるんだ！　本を置け！　早く置け！　走ったら全部わかるから！　もう走ってわかることしか書かないから！　頼む！　本を置いて走ってくれ！　頼むから！

これからきっと、もっと色々なことが変わっていく。もちろんいつの時代にだって変化はあるが、これからの変化は違う。より僕の守備範囲、活動範囲、プライド、アイデンティティーに近い物事が大きく変わっていく予感がある。なぜなら、機械。あいつらは色々と無難にこなせてしまうらしいからだ。

それでも僕は走るぞ。走る、という行為は変わらない。どんな世界になったって、生活がどんなに変わっていったって、走り続けるぞ。

みんなが走らなくなったって、僕は走るぞ。僕が走って、僕が走っているのを見た人もまた走るんだ。

だから、お前、走れ！　本を置けって言ったろ！　なんでまだ読んでるんだ！

60

走ってわかることしか書かないって言っただろ！　走れ！　今すぐ走れ！
そして、忘れるな！
走ることは、いつだって、走ることだ！

聞いたとかじゃないけど、知ってる

僕は片付けができない。本当にできない。恥ずかしいくらいにできない。学生時代から長らく住んでいた京都のアパートを出るときには、もう片付けと整理ができなさすぎて、たくさんの人に助けてもらった。あの時期、僕の部屋には「ららぽーと」くらい色んな人が出入りしていた。

そんな人間だから、僕のかばんはいつも必要以上に重たい。めちゃくちゃに色々なものが入っている。重たいかばんの一番奥に何が眠っているのか、自分でも把握していない。わからなさだけで言えば、ほぼほぼ宇宙や深海と同じである。「深い所には果てしない重力がかかる」というのも似ている。

しかし悲しいかな、宇宙や深海とは異なり、このかばんの中身を探索することにロマンはない。そこに一体何が眠っているのか、ただ僕が把握していないというだけで、未知のものなど一つもないからだ。そこにはありふれたゴミしかない。いつか見たものしかない。いや、宇宙や深海にロマンを感じるのも地上で生きる人間の身勝手で、宇宙や深海も意外とゴミだらけだったりするのかしら。

この間、友達と喫茶店で話していたときのことである。話の途中、ふとメモしたいことを見つけた僕は、かばんの中からペンケースを取り出そうとした。会話の途中でメモを取るというのは失礼な気もするけれど、僕はネタを書くのが生業《なりわい》の芸人である。友人各位はメモぐらいなら許してくれる。さすがに会話の途中でコントに入ったら怒られる。さっきまで喋ってた友達が、急に目の前でお寿司屋さんになったら嫌だもんな。妥当な線引きで大変ありがたい。そういうわけで僕はかばんを開ける。

今日も今日とてなんだか重い。中身を漁《あさ》れど漁れど、目当てのペンケースが見つからない。少々行儀が悪いが仕方がない。僕はテーブルの上に、かばんの中身を少しずつ出して並べていった。

そこはまさしく宇宙だった。ネタ帳、一個前のネタ帳、二個前のネタ帳、読もうと思っていた本、友達から借りている本、読み終わった本、縮れてしまったケーブル類（今日はこのあとラーメンを食べようと思った）、今日は使わないであろうカメラ、最後にいつかけたか覚えのないメガネ、行った記憶があるかないか程度のカラオケのカード、面白かった美術展の半券、ピンと来なかった美術展の半券、いつ行ったか定かではないプラネタリウムの半券、明らかに大事な書類、明らかに要らない書類、未使用だろうに使用済みのようなフォルムと化したポケットティッシュ、繊維質の何か(最近野菜を食べてないなと思い出し、ラーメンはやめておこうと思った)、名前をつけることもかなわない些細《ささい》なゴミ類。僕のカバンの中からは、次々と色々なものが出てきた。

その光景を眺めていた友達が、僕に対して言った。

「知ってる? 人間って、その日使うものしかかばんに入れないんだよ。家を出る前に今日必要な物を入れて、帰ってきたら全部出す。だからかばんの中にゴミがたまらないようになってるんだよ」

僕の友達は普通に口が悪い。いくら僕のかばんが汚いからといって、僕を「人間ではない」みたいな言い方をする必要はない。そんなことを言うな。そこで使われている「人間」という言葉は、せいぜい「片付けができる人」くらいの意味合いだろ。そう言えよ。言えるだろ。人間からハブるな。人間からハブられるの致命的だろ。でも人間ってそういうところあるよな。人間って人間を人間からハブるよな。それがあらゆる歴史の……などと思ったところで、彼の言葉の後半が気になった。

「家を出る前に必要な物をかばんの中に入れ、帰ってきたら出す」というのは、自分に全く備わっていない知識だった。同時に、とても納得のいくものだった。あまりの効率の良さに驚嘆《きようたん》した。頭の中でピンポンと正解音が鳴った。ものすごく理にかなっている。すごい。賢い。なるほどな。確かにかばんの中身を毎回出し入れさえすれば、「整理をする」なんて野暮ったいことを意識せずとも、自然にかばんの中身は整理されていく。毎回出し入れすれば、奥底に知らないものが沈むことはないし、ゴミだって外に出される。というか、それこそが人間の呼ぶところの「整理」そのものではないか。

完全に盲点だった。僕はそれまで、「整理をする」という言葉自体の仰々《ぎようぎよう》しさに騙されていた。「整理をする」と聞くと、ものすごく大変で複雑な工程を含む動作のように感じてしまう。そりゃもちろん「整理」をしたほうがいいのだろうけれど、あまりにも大変そう過ぎる。同時に、しなくてもなんとかなりそうな感じもある。すると「整理」は僕の中で「しなくていいもの」に分類され、頭の中に浮上しなくなる。それゆえに、僕のかばんはいつだって重たくなる。
そりゃ僕自身、「整理」があんまり得意じゃないことはわかっていた。簡単にこなしている人たちはすごいなと思っていた。しかし「整理」は、実は極めて簡単だったのだ。僕と彼らを分けていたのは、「毎回、かばんの中身を出し入れする」という方法論の有無のみだった。かばんが整理されている人は、「整理」せずとも整理される術《すべ》を知っていたのだ。

凄まじく納得した次の瞬間、疑問が生じた。なぜ今まで誰も教えてくれなかったのだろう。僕は彼に「それってどこで聞いたの？」と聞いた。すると彼は「聞いたとかじゃないよ、なんか、知ってる」と言った。

ああ、そのパターンか、と思った。「人間」が生活の中でなんとなく身につけていく術。おおむね皆が知っていて、それゆえに言葉にされることが少ないもの。そして言葉にされないがゆえに、その知識と出合わずとも大人になれてしまう物事。そういうものは、世の中に結構たくさんある。

別の友人のことを思い出した。大学時代、眠るのが下手な友人がいた。眠るのに上手いも下手もあるかと思われそうだし、適切な言い方だとも思えないのだが、僕はその友人と接しながら、「この人はどうやら眠るのが下手なんだな」と思っていた。

当の彼はよく、「自分は寝つきが悪い」と言っていた。実際にそうだったのだろう。彼はたまに睡眠薬を服用していた。ただ、いくら薬を飲んだとて眠れる保証はない。どうしても眠れないとき、彼は「寝なきゃいけないんだけど」と前置きしながら、僕とよく電話でお喋りをした。僕は眠ることも起きることも起き続けることも上手で、睡眠と起床に関してはそれなりに自由自在だった。だから、深夜でも彼の電話に付き合うことができた。

電話に出ると、彼はいつも昼間と同じかそれ以上のスピードで頭を回転させながら、あの映画がどうだ、あのバンドがどうだ、あのお笑い芸人がどうだ、地元にこんな店ができたと、様々な雑談を聞かせてくれた。彼の話はとてもテンポが良く、ちょっと気の利いた物の見方を含んでおり、それでいて説教臭さや湿《しめ》っぽさもなく、どれも本当に面白かった。質の高いマシンガントークを聞かせてもらえて、僕としては楽しい限りなのだけど、同時に「ああ、これは、そりゃ眠れないわな」としみじみ思っていた。

きっと彼は、頭の中が回転し始めてしまうと、そのギアを下げるのが下手なタイプだった。それも、眠れなければ眠れないほどギアが上がるようだった。「眠らなきゃいけない」と話す彼の話は、縦横無尽に広がり、一生懸命聞いても追いつけないスピードにまで加速していく。そうなってしまえば、眠ることなど不可能だろう。だからこそ彼は睡眠薬を飲み、強制的に思考を鈍らせないと寝付けなかったのだろう。

僕の知るところ、「人間」は眠る前、思考のスピードをだんだんと落としていき、入眠に至る。逆にギアを上げてしまっては眠れるわけがない。僕はそのことを彼に伝えた。眠るときって、ギアを下げなきゃいけないんだよ。何も考えないようにしたり、考えるとしても大したことのない話題を選んだり、眠れる方向へと頭の中を持っていかなきゃいけないんだよ、と。

彼はとても驚いていた。彼は強制的に思考をシャットダウンするような眠り方しか知らなかった。彼は「みんなそれを知っているの？　俺だけが知らないの？　みんなそうやって眠ってるの？」と言った。僕は「たぶんそうだと思う」と答えた。「どこで聞いたの？」「聞いたとかじゃない」

僕はこの一連の会話があったことを、ずっと忘れていた。自分のかばんの中身が散乱したテーブル席で、ふっと思い出したのだった。

皆がなんとなく習得している、けれど自分は知らないこと。知らなくてもギリギリなんとかなってしまうがゆえに、明文化されていないもの。僕がまだ知らないものを含め、それらは世の中にたくさんあるのだろう。やっと見つけたペンケースを開くなり、僕はそのことを急いでメモ帳に書いた。

その日からしばらくになる。僕のかばんは相も変わらず、知らないものが奥底に沈んでいて、重たい。方法が埋解できたからといって、数十年続けてしまった習慣や癖はなかなか直らない。そもそも、別に僕のかばんが多少重たくたって、誰にも迷惑はかからない。なんだかんだ、ギリギリなんとかなってしまう。そのままでも、生き続けられてしまう。

随分と連絡を取っていないけれど、あの彼は夜眠れるようになっただろうか。きっと今も僕のかばんが重たいように、彼は相変わらず眠れず、睡眠薬でシャットアウトするように眠っている。聞いたとかじゃないけど、知ってる。

暗黒秘密結社「コーヒーブレイク」

よく喫茶店に行く。コントを書くためである。

どうしても作業がメインとなり、集中してコーヒーを飲むことはほとんどない。そのため大変恥ずかしいことに、色々な喫茶店によく行く割にはコーヒーの味のよしあしを判断できない。僕の感性はコーヒーに対して恐ろしく貧弱で、コーヒーを飲んでも「コーヒーを飲んだ」としか思えない。完全に違いのわからない男である。どこで、どんな、いくらのコーヒーを飲んだとしても、僕は「コーヒーを飲んだ」とだけ思う。潔く馬鹿舌である。ＡＩのほうがもっと血の通った感想を持ちそうだ。したがって、僕が喫茶店を選ぶときには立地や雰囲気に頼るしかない。

二〇二一年の夏頃、店構えに惹かれて都内のある喫茶店に入った。男性のマスターと、恐らくマスターの妻と見られる女性が二人で切り盛りする、個人経営の小さな店だった。

カウンターに一人、常連と思われる男性が座っていた。三人は楽しそうに談笑していたが、僕の来店に気付くと、顔を見合わせて静かになった。マスターはいそいそとメニュー表を準備し、マスターの妻と見られる女性はバックヤードへとはけて行き、常連は顔を伏せてコーヒーを飲んだ。

店内には、祭りのあとを思わせる静けさが漂い始めた。こういうときにはきまりが悪い。僕が悪いわけじゃない、運が悪いのだと自分に言い聞かせつつも、どこか申し訳ない気持ちになる。「邪魔しちゃってすみません」という気持ちが伝わるように、ほんの少しだけ頭を下げる。ほんの少しでいい。気付かれないくらいでいい。あまりにも露骨に頭を下げ過ぎると、「内輪ノリのいかつい店内に抗議させていただきます」感が出てしまい、空気の流れが余計に悪くなる。

僕は席に着き、辺りをざっと見渡す。店内には木製の家具とコーヒー豆の匂いが充満していて、あちこちに外国語の書かれた瓶《びん》やら袋やらが雑多に積み重なっていた。

直感的に、「海賊船の倉庫ってこんな感じだろうな」と思った。瓶や袋にはコーヒー豆が入っているようで、種類の多さから豆にこだわっていることがうかがえる。あいにく、僕は違いのわからない男なのだけれど。

ふとマスターを見ると、黒い髭《ひげ》をたくわえ頭にバンダナを巻いていた。海賊過ぎる。

本当に海賊なのかもしれない、と心が躍《おど》った。本当に海賊がやっている喫茶店だったならば、恐ろしいけれどなんだかわくわくする。店の立地は海から遠かったから、現役の海賊とは思えない。ともすると海賊のOBなのかもしれない。

略奪と暴力と理不尽が支配する海から引き揚げ、喫茶店を営む人生を思う。海で何か痛い目を見たのだろうか。自分ではとうてい敵《かな》わない相手と出会ってしまったのだろうか。今でも海流を読む技量だけは衰えていなくて、流れるプールで無双しては遠い目をするのか。流しそうめんのベストポジションを見つけるのが上手い、とかもありそうだ。それにしても、海賊とは辞めたいときに辞められるものなのだろうか。部活だって辞めようと思ったら難しいのに。

ひと繋ぎの空想から離れて、メニュー表を眺めた。そこには相場の2~3倍ほどの価格が並んでいた。入店直後から予感していたけれど、高い。一瞬、帰ろうかなとちらついた。しかし、先ほど談笑を止めさせてしまった業《ごう》もある。せっかくなので、見たことのないものを注文することにした。それはほとんどやったことのないゲームに出てくる攻撃呪文のような名前で、なじみのない高めのバーのオリジナルカクテルのような値段だった。僕の注文を聞くと、マスターは不愛想にうなずき、冷水を出した。

マスターは見たこともない幾つかの機械をいじくり始める。それらを用いてコーヒーを作るのだろう。その作業はよく言えば丁寧で繊細、悪く言えば凄まじくのろまだった。

マスターは僕のコーヒーを作っている間、カウンター席に座っている常連とおぼしき男性と再び喋り始めた。「大変ですね」「大変ですよ、コーヒーってのはね」。他にすることもない僕は、ぼんやりとその会話を聞いていた。

それがなかなか興味深い話だった。マスターが言うことには、コーヒーというのはもともと豆のうち、生き物にとって毒にあたるような成分を取り除くことで抽出していくものらしい。その作業はとても大変だが、コーヒーはもともと生き物に食べられないように毒をまとったのであって、コーヒーを飲むからには必要なことなのだと。

常連の方は、マスターの話に「そうだそうだ」とうなずいていた。僕はその様子をちらちらとうかがいながら、へえと思いつつ水を飲む。この時点で注文してから結構な時間が経過している。気のせいだったらよいのだけど、マスターの手があまり動いていない気がする。

マスターは話を続ける。

市販のコーヒーの多くは、この毒や不純物を取り除く度合いが不十分であり、それが雑味となってしまうために美味しくないのだという。

「つまりね、コーヒーを作るのはとにかく難しいということなの。とにかく難しい。だからね、数百円でぽんとできるようなことではないの。技術が要《い》ることなの。でもね、コーヒー豆が悪いわけじゃないんだよ。コーヒー豆が、自らの繁殖と生存のために毒を持ったっていうことでしょ。それはね、コーヒーが悪いわけじゃないんだよ」

　僕のコーヒーはまだ来ない。マスターは話を続ける。

「コーヒーにとって、毒を持っているということはとても自然なんだよな。人間がそれを飲もうとするから、こういった面倒な作業が必要になるんだよ。どういうことかわかる？　人間は要らないってことなんだよ」

　冷水を噴き出しそうになった。びっくりした。着地点が恐ろし過ぎる。「人間は要らない」だと？　そんな、「世界の終末を望む暗黒秘密結社の陰謀」みたいなところに着地する話だったか。何か重要なワードを聞き逃したのだろうか。ずっと、ありきたりと言えばありきたりな、雑学程度の話をしていたじゃないか。職人気質なマスターの語る気ままなコーヒー論じゃなかったのか。なぜそこから、ホップもステップもなしで「人間は要らない」まで行けるんだ。

混乱する僕をよそに、常連がマスターに向かって言う。

「そうだ！　その通りだ！」

再び、思わず噴き出しそうになる。何が「その通り」なんだ。どこでそう思ったんだ。今の話の、どこの何が響いたんだ。目の前の人間、「人間は要らない」って言ったんだぞ。しかもその根拠は「そのままでは美味しくないコーヒーを、わざわざ飲もうとするから」なんだぞ。整合性がない。仮に人間が要らないとして、理由は絶対それじゃない。

僕のコーヒーはまだ来ない。マスターは話を続ける。

「とにかくね、人間は要らない。ただそれだけなんだ。人間なんてね、要らないんだよ。コーヒーはもともと飲めるようにできてないんだよ。そのままだと食べられないものを、焙煎《ばいせん》しているんだから」

もう話が同じところをぐるぐる回るだけになっている。頼むから手を動かしてくれ。ここは一体どういう店なんだ。入って大丈夫な店だったのか。僕は少しずつ、この状況が怖くなってくる。せめてもう一人でも他のお客さんが来ればいい。味方が欲しい。

今、僕は人間が欲しい。人間がめちゃくちゃ欲しい。

僕がマスターの演説と常連の「そうだそうだ！」に気圧《けお》されていると、カウンター裏から、先ほど引っ込んだマスターの妻と思《おぼ》しき女性が出てきた。よかった。この二人の会話だけを聞いていたらおかしくなるところだった。彼女はのそのそと現れると、ひときわ張りのある声で言った。

「そうだよ、人間なんて滅びたほうがいいんだ！」

お前もか。お前もそっち側か。いや、まあそりゃそうか。考えてみればそりゃそうだ。一瞬でも僕の味方であることを期待したのが間違いだった。第三者が来ただけで喜んでしまった自分を呪う。もともと三人組だったのだから、第三者でもなんでもない。めちゃくちゃ向こう側、彼女もまた暗黒秘密結社の人間である。しかも、「人間は要らない」と比べ「滅びたほうがいい」は少し先を行っている。コーヒーを飲むから滅びたほうがいい、なわけないだろ。何を言っているんだ。言っちゃ何だけど、人間の悪いところってもっとあるだろ。コーヒーを飲むとこじゃないだろ。三人は口々に人間の存在自体の不要性を叫んでいる。

もしかすると、僕が来店するまで、ずっとこのトーンで人間の悪口を言っていたのかもしれない。あれは、その盛り上がりだったのか。だとしたら先ほどの小さな会釈を返してほしい。人間の悪口で盛り上がるな。というか、そもそも人間の悪口ってなんなんだ。広すぎるだろ。山ぐらい広い。

「そうだ、人間は要らない」

「人間なんかがいるせいで」

「コーヒーは何も悪くないのに」

ずっとこの光景を見せられ続ける僕。コーヒーは一向に来ない。コーヒーは悪くない。マスターが悪い。早く作業をしろ。手を動かせ。早くしろ。もうその怖い話をやめろ。やめてくれ。

僕は徐々に、この三人の素性《すじよう》について気になり始めた。そもそも、どういう人たちなのだろう。コーヒーをはじめ、嗜好品《しこう》とされる飲食物の周辺には、様々な思想対立や政治的問題が存在する。環境保護の文脈もありうるし、資本主義批判の文脈もありうる。国家間格差を問題として、フェアトレードや労働者の人権擁護の重要性について主張する文脈もありうる。自然派のライフスタイルを好む人たちである可能性もある。あるいはスピリチュアル系か。

文脈と立場さえわかれば、目の前の三人を少しは理解できる。他者というのはどんなに共感できないとしても、どんなに納得できないとしても、理解することだけはできる。人間同士はいつも、理解にだけは開かれている。彼らにもきっと、何らかの文脈と立場がある。注意深く、三人の話を聞いてみよう、と思う。

「そうだ、人間は要らない」

「人間なんかがいるせいで」

「コーヒーは何も悪くないのに」

全く理解できない。無理だ。僕は目の前で繰り広げられる思想を完全に知らない。僕の想定するどの文脈でも、どの派閥でもない。この三人は、単純に「人間が要らない」と思っているのだ。そんなシンプルかつ結論ありきの思想が未だかつてあっただろうか。かなり怖い。この三人にとっては、ただただ人間が要らないのだ。なんて破壊的な思想なんだ。彼らの暗黒秘密結社に名前があるとしたら、「コーヒーブレイク」とかなんだろう。コーヒーの名の下に、人間を破壊《ブレイク》するのだ。それをもって、世界に休息《ブレイク》をもたらすとか、そんなところだろう。怖過ぎる。あまりにも怖過ぎる。

ふと、「待てよ」と思う。僕はここに座っていて大丈夫なのだろうか。この状況において最悪なことに、僕は人間だ。僕の存在は許されているのだろうか。僕もまた、彼らの破壊《ブレイク》対象だったりするのではないか。僕はコーヒーで休息《ブレイク》したかっただけなのに。何なら、何なら、何なら彼らは人間以外の存在だったりするのか。

だんだん、そわそわしてくる。急に怖くなってくる。先ほどまでは面白半分で眺めていたけれど、目の前の三人に対するあまりの理解できなさに、そうもいかなくなってくる。

三人が異形《いぎょう》の怪物に姿を変えて、こちらに襲い掛かってくる妄想がよぎる。血まで吸われて干《ひ》からびたりして。細胞を内側から破壊させられたりして。事切れる直前に「永い休息を」とか言われたりして。そんな死に方は絶対に嫌だ。どうして入店してしまったのだろう。店構えが魅力的だったばっかりに。いや待てよ、店構えが魅力的だったのも罠だった可能性が出てきたぞ。駄目だ、これは駄目だ。怖過ぎる。

幸か不幸か、僕のコーヒーはまだ届いていない。帰るなら今かもしれない。求められたならば、お金を払ってもいい。帰りたい。どうしよう。逡巡《しゅんじゅん》する僕。とっくに飲み干してしまった冷水のグラスに長く口づけていることに気付く。今自分が心の底から怯えていることを知る。震える僕。人間と文明への怒りに猛《たけ》る三人。うち一人は作業中。

うち一人は作業中？

作業中？

なぜ、このマスターはコーヒーを作っているのだろう。コーヒーを作ることが自然への罪であり、不要なものに過ぎないというならば、なぜ必死になって豆を買い集め、焙煎した飲み物を売る仕事をしているのだろう。そして彼の思想に同意する妻は、なぜ店の営業を手伝っているのだろう。さらに彼の思想に賛同する常連は、なぜコーヒーを飲んでいるのだろう。

僕は気が付いた。彼らは人間の罪をあだこうだと言い連ねながら、今まさにそれを犯している最中なのだ。彼らは今まさに、人間が人間であることの罪の全てを引き受けているのだ。それはむしろ、ひるがえって、ひねくれた人間肯定の姿だ。彼らは人間がコーヒーを作り、飲むことの業を知りながら、それを引き受けてコーヒーを作ったり、楽しんだりしている。その姿は、実は人間それ自体のいびつさを最も肯定しうる姿だ。

人間は要らないかもしれない。僕も要らないかもしれない。マスターも、マスターの妻と思しき女性も、常連も、ともするとコーヒーも、まとめてこの世には要らないものなのかもしれない。でも、それでも要らなさと付き合い、要らなさを引き受けながら存在することは、命の在り方として、強く正しく美しい。清くはない。汚れもある。でもそれを引き受けてこそ、そこに「在る」ことの圧倒的な説得力が生まれる。彼らは、善悪も思想も矛盾も超越したところで、生きること、存在することをまさしく肯定しているのだ。

暗黒秘密結社「コーヒーブレイク」の三人が、だんだんに人間の業を背負うダークヒーローに見え始めた。僕は目の前の光景に、すっかり感銘を受けていた。今日作るとしたらどんなコントがいいだろう。要らないものがそこに存在することの意味を、もし面白いものとして表現できたなら、なんだか世界が豊かになる気がする。それってお笑いという文化そのものの、核心部に近いところなんじゃないか。

人は、僕は、生きる中でたくさんの業を背負う。そのままでは笑えないそれらを、どうにか笑えるものへと昇華していくことこそ、人が、僕が、お笑いをやることの最大の意義であり、目的であり、価値だ。

そう考えると、芸人が日々やっていることは、マスターのコーヒー作りと、もしかしたらそう変わらないのかもしれない。自分の中の笑えない傷を、笑えない醜さを、笑えない欠落を、少しずつ焙煎して、笑えるものに変えていく。お笑いを仕事にすることの意義を強く実感する。今日はいいコントが書けるかもしれない。

僕のコーヒーはまだ来ない。

センス、シュール、パワフル

何事においても、センスは大事であるようだ。服装、髪形、使う言葉、歩き方や走り方、趣味や特技、好きな食べ物、センスはあらゆるところに現れるという。そして僕たちは何となく『センスがいい』って、だいたいこういう感じ」という判断基準を持っている。だから僕たちは、自分や他人の振る舞いについて、何となく「センスいいな」とか「センス普通だな」とか「センス悪いな」とか、ぼんやりと判断しながら生活している。

僕は願う。できることならば、頭の先からつま先までセンスよさそうな感じで埋め尽くしてみたい。そしてあわよくば人々に、センスのいい人だと思われたい。センスなんか、悪いよりはいいほうがいいに決まっている。センスのいい人になりたい。

しかし、ものすごく面倒なことに、「センスいいよね」とは絶対に言われたくない。それだけは避けたい。言われた瞬間、センスの全てが終わる気がする。世の中には「そう思われていたいけれど、明言されたくはない言葉」というのがある。「センスいいよね」はそれの横綱である。

いや、もちろん「服装のセンスいいよね」「お土産選ぶセンスいいよね」というように、部分的なセンスを誉められるのであれば、とても素直に嬉しがれる。そんなふうに言われることがあったならば、僕は満面の笑みを浮かべながら、嬉々《きき》としてそれを選んだ経緯を説明するだろう。「そんな奴、センスいいわけないだろ」とも思うが、嬉しいったら嬉しい。だけど、全体としてのセンスだけは、絶対に誉められてはいけない気がする。

なにせ、何かを本当に良いと思ったならば、人はセンスなんかを誉めるわけがないのだ。対象が本当に良いものだったとき、人は「良い」とか「好き」とか、もっと単純な言葉を使うに決まっている。魅力に惹きつけられたならば、心底良いと思ったならば、人はセンスなんかを誉めている場合じゃないのだ。

考えてみてほしい。恍惚《こうこつ》とした表情で、または涙を流しながら、もしくは真に感動しながら、「センスいいよね」と言っている人を想像できるだろうか。ゴッホの絵を見て「ゴッホってセンスいいよね」と言う人がいるだろうか。ショパンの曲を聴いて「ショパンってセンスいいよね」と言う人がいるだろうか。

絶対にいない。いるわけがない。本当にいいものを見たり、本当に感動したりしたなら、「センス」なんかをピックアップしている場合じゃなくなるのだ。

そもそもの話として、なぜセンスが大事なのか、それが問題だ。センスが大事なのは、センスそれ自体のためではない。本来的には、きっと全体としての良さのためである。センスを磨くことは、「良さ」に至るための手段であって、目的ではない。僕を含む大勢の人たちは、「センスがいいこと」を目指しているわけではない。センスのいいものを集めて、全体的に「良く」なりたいのだ。

このとき「センスいいよね」という誉め言葉は、全体像のうち手段となる部分だけを取り出して誉める言葉だということになる。何と言うか、構図としてものすごく不格好である。バッティングセンターで、空振りした後に「構え、かっこいいね」と言われるようなものである。採点機能付きのカラオケで、86点くらいの点数が出たあとで「ビブラートすごいね」と言われるようなものである。構えがいいならヒットを打ちたいし、ビブラートがすごいなら95点くらい取りたい。構えも震えも、目的達成のためにある手段なのだから。手段だけが際立つのは、ほんのり恥ずかしい。「センスいいよね」の不格好さはちょうどそんな感じである。

ただ、ここで「センス」の難しさが出てくる。手段であるはずのセンスは、時に目的にもなってしまうのだ。もうこれは、インターネットが悪い。SNSが悪い。僕たちは身の回りの人の生活を見過ぎた。知らずに済ませられたものを知ってしまった。ずっと比較・検証されている感覚に浸《ひた》り過ぎてしまった。

SNSで数十人、数百人、数千人をフォローしていたら、毎日誰かには月に一度、年に一度しかない「いい瞬間」が訪れているのを見てしまう。そんなのかないっこない。自分にもいい日なんてたまにはあるのだけど、自分は一人だ。画面の中にはみんながいる。すると、毎日誰かが迎えるピークの日と、自分の平日を闘わせなきゃいけなくなる。もちろん華々しい出来事や結果は、平日にはそうそう訪れない。出せるカードがない。すると、手段であるはずのセンスで闘うしかなくなる。センスくらいなら平日にも出せるから。こうして僕たちは、「良さ」に至るための手段でしかないはずのセンスを、自己や他者を評価するときの主要な物差しの一つにまで押し上げた。センスなんか、センスでしかないのに。囚《とら》われた。センスに囚われた。助けてくれ。

この状態が一番センスがない。でもやっぱり、「センスいい」って思われたいもん。「満足したセンス悪い人になるくらいなら、不満足なセンスいい人でいたい」と思ってしまうもん。今、哲学者のジョン・スチュアート・ミルっぽく言った。センスいいだろう。

ああ、最悪である。めっちゃセンス悪い。センスを見せびらかすためだけにジョン・スチュアート・ミルを出すの、めっちゃセンス悪い。急にジョン・スチュアート・ミルを出すな。今ジョン・スチュアート・ミル関係ないだろ。いるよな。こういう急に哲学者の名前とか出してそれっぽくする奴。別にジョン・スチュアート・ミルの話してなかったのに。急に出すな。ジョン・スチュアート・ミルって連呼すんな。とかく、「センス」に囚われるとろくなことがない。

こういう「ひとたびそれに囚われたら、にっちもさっちもいかなくなる言葉」というのは、僕のいる芸人の世界にもある。

お笑いライブでは、お客さんにアンケート用紙を配り、終演後に回収することがある。最近はスマホでアンケートを取るタイプのライブも増えた。いずれにせよライブ後、出番を終えた芸人はそのアンケート結果をちらちらと見て、お客さんの反応を確かめる。一つ一つ熟読する芸人もいるし、ほとんど一瞬で流し見るだけの芸人もいる。僕はその中間くらいで、ぱらぱらと見て、気になったものがあればよく読む。

アンケートには色々なことが書かれている。必ずしも好意的な内容が書かれているとは限らないし、文字数もトーンもまちまちである。よく見かけるのは「面白かった」「また観に行きます」『頑張ってください』「どこで笑えばいいかわからなかった」などである。

一般に、アンケート結果で一喜一憂するのはあまり良くないとされている。お笑いというのはどこまで行っても嗜好品で、個人の感覚によって受け取り方が大きく異なるジャンルだ。そもそもライブのアンケートなんてどんな人が書いたかもわからない。そのアンケート結果が良かろうが悪かろうが、「ああ、今日はこんなふうに見えたんだな」くらいに受け取るのが無難だとされる。

しかし、一つだけ、お笑いライブのアンケートにおけるドボンワードがある。「シュール」である。アンケートに「シュール」と書かれていたときの絶望ったらない。本当にヤバい。僕はマジで落ち込む。

シュールは、もともとは二十世紀の芸術運動、シュルレアリスムから来ている。お笑いにおいては一つの美学、ジャンルにまでなっており、最も「センス」のいい芸風の一つとされる。言葉の微細なニュアンスを駆使し、現実と虚構のはざまの不条理を行き来することで、幻想的な世界観を表現する——芸人ならば誰もが一度は憧れる境地ではないだろうか。

しかし、というか、だからこそ、アンケート結果に書かれる「シュール」は本当にヤバい。そこで用いられる「シュール」とは、「シュールで、面白くなかったな」という意味だからだ。

シュールというのはセンス同様、あらかじめの目的ではないはずだ。面白さに至るための手段の一つに過ぎない。だからこそ、アンケートに書かれる「シュール」は目的の失敗を意味する。もし仮にネタがシュールで面白かったならば、人はただ「面白かった」と書くか、せめて「シュールで面白かった」とか書くはずなのだ。「シュール」とだけ書かれるということは、そのネタはただシュールで、かつ面白くなかったのだ。

もちろん、同種の意味を持つ感想は他にもある。「声が大きかった」「いっぱい練習したのがわかりました」「衣装がかわいかったです」なども、アンケートに書かれたら結構グサッと来る言葉ではある。あんまり面白くなくて、印象に残ったのがそこだけだった、とほぼ同義だから。ただグサッと来る度合いにおいて、それらは「シュール」の足元にも及ばない。

「面白くはないけれど、声は大きい奴」は、良いネタさえ作れたならば、一気に化けそうじゃないか。「面白くはないけれど、いっぱい練習した奴」にも、活路がありそうじゃないか。練習熱心な奴なら、今後の伸びしろだってある。「面白くはないけれど、衣装がかわいかった奴」は、その時点でちょっとキャッチーで魅力的っぽいじゃないか。もしかしたらそのまま人気が出るかもしれない。

その点、「シュール」けどうだ。シュールなだけの奴には何が残るっていうんだ。シュールはシュールでしかない。どうするんだ。どうやって生きていけばいいんだ。シュールって別に長所じゃないぞ。ただのスタイルだぞ。フォーマットだぞ。形式だぞ。手触りだぞ。なあ、おい、どうするんだ。何の魅力もない、純度百パーセントのシュール。面白みのない、生の、とれたてのシュール。

僕自身、お笑い芸人としてライブに行ったつもりが、帰りの電車の窓に映る自分が「シュール」だった日が何回かある。別に「シュール」になるために地元青森を離れ、遠く東京で頑張っているわけではないのに。人に笑ってほしいだけなのに。

ともかく、センスにしろシュールにしろ、何らかのカテゴリーや評価軸にがんじがらめになってしまうと、息苦しくなってしまう。様々な目線の交錯する現代社会だけど、僕は自分の見られ方や受け取られ方、あてはめられるカテゴリーやジャンルについてはあんまり考え過ぎないように、気にし過ぎないように生きていたい。気にしないようにしたところでどうせ気になるし、考えなくたって周りが考えるんだから、意志を持って選べる範囲の分ぐらいは、自分に対して自由でありたい。

本当はわかっている。センスもシュールも実はどうでもいい。何なら一般的な「よさ」さえどうでもいい。手段よりも目的よりも、自分が自分としてそこにあることが最も尊く、価値のあることだと考えていい。そっちのほうがいい。どう見られるか、どう思われるかよりも、今どうあるか。これまでどうあってきたか。今後どうあっていくのか。そのことを大事にして生きていくほうがいい。

だから、そうだ、パワーだ。もっとパワーが欲しい。もっと、全てを跳ねのけて、自分が自分として立ち続けるためのパワーが必要だ。よし、わかった、飯を食おう。毎日全力で走ろう。センスから、シュールから、逃れよう。身の回りの意味に溺れないようにしよう。人からのまなざしに搦《から》めとられないようにしよう。最後は身体に還るしかない。パワフルに飯を食って、パワフルに走って、パワフルに寝れば、大体何でもどうにかはなる。そのほうが、たぶん結局センスもいい。アンケートに「シュール」と書かれたら……パワフルに落ち込もう。めっちゃパワフルに落ち込もう。生き物らしくいこう。

万物の揚げ足を取りたい

万物の揚げ足を取りたい。かっこよく言うならば「日常の些細《ささい》な場面にも、どこかしらに面白さを見つけながら生きていきたい」とかになるのだろうが、それはさすがにかっこよ過ぎる。「万物の揚げ足を取りたい」くらいでいい。そうやって生きていきたい。

ひどい目標だ。しかし本気でそう思う。何せこの世には、その気になれば揚げ足を取りうるものが大量にある。物、言葉、現象、なんでもいい。たくさん見つけたい。揚げ足を取ることは楽しい。生きるモチベーションになる。

揚げ足を取る楽しさに目覚めたのは、小学生の頃だった。五月の遠足のとき、担任の先生がしみじみと言ったのだ。「遠足っていいよなぁ。遠くに、足を、伸ばす」と。僕は即座に気付いた。おかしい。「遠くに、足を、伸ばす」だと「遠足」にならない。「遠足伸」になる。確かに、熟語を解体して、訓読みに展開しながら意味を説明する手法はある。「連なって結ぶで、連結」みたいな。でも文字を増やすのは禁じ手だ。「遠足伸」ってなんなんだ。意味の上で考えても、「伸」にかなりのウエイトがある。絶対にやってはいけない。しみじみと言うな。「上手いこと言えた」みたいな顔で言うな。

以上の内容を先生に言った。先生は言い負かされてくれた。ものすごく気持ちがよかった。言わずともよいぐらいのことを言うことが、こんなにも気持ちいいとは知らなかった。

同じく小学生の頃の話である。僕の通っていた小学校の校庭には、デカデカとした標語が貼り出されていた。どこの学校にもよくあることだろう。大抵は「明るく あいさつ 元気な子ども」とか「みんな なかよく たくましく」のような文言が書いてある。

僕の通っていた小学校の校庭には、デカデカと「めあてに向かってがんばる子」と書いてあった。それが本当に好きだった。見るたび揚げ足を取った。先生にも友達にも親にも言った。あれは絶対におかしい。具体的に書けよ。内容を書けよ。「めあてに向かってがんばる子」がめあてだと、ぐるぐる回っちゃうから。何をしていいかわからなくなるから。勉強でも運動でも友達作りでもいいから、何かテーマを示せよ。

以上の内容、誰に言ってもあまりピンと来てくれなかった。それでも気持ちがよかった。伝わらずともよいぐらいのことに自分だけが気付いていることが、なんだか嬉しかった。

大人になってからも、僕は万物の揚げ足を取りたがった。二十歳を過ぎたくらいの頃、ふと立ち寄ったおそば屋さんで「スタミナそば」というメニューを見つけた。僕は興味を持った。どんなものか想像できないからだ。「スタミナ丼」はよく見るけれど、「スタミナそば」は見たことがない。「スタミナ丼」と言えば、相場は豚肉、卵、葱、ニンニクあたりの炒め物がのったどんぶりだけど、統一的な定義はない。豚肉が牛肉だったり、ニンニクがショウガだったり、一定のブレがある。「スタミナそば」とはどんなものなのだろうか。僕は興味本位で頼んでみた。

すると、大きめのかき揚げがのったそばが出てきた。ニコニコしてしまった。嘘過ぎる。それはやっちゃダメだろ。それは「かき揚げそば」だろ。既にメニュー名があるものに「スタミナそば」って名前をつけていいわけないだろ。大体、かき揚げって食べてたらどんどんふやけて崩れていくだろ。かき揚げ自体にスタミナがないだろ。スタミナがないものにスタミナという言葉を背負わせるなよ。

以上の内容は、誰にも言わなかった。僕はもう子どもじゃなかったからだ。それでも、しっくり来ない「スタミナそば」を食べながら、そのしっくり来なさを噛みしめられることが嬉しかった。もちろん、かき揚げは一瞬でぐちゃぐちゃになった。

隙あらば万物の揚げ足を取る。そういう心づもりで生きることはとても楽しい。身の回りのどんなものだって、難癖をつけようと思えばつけられるからだ。対象は何だっていい。

「ごめんで済む世の中だったら警察は要らない」じゃないよ。ごめんで済んで要らなくなるのは弁護士だろ。ごめんで済む世の中だとしても、警察はパトロールするだろ。

「てんてこ舞い」ってなんだよ。ちょっと楽しそうだな。舞うなよ。

「目玉焼き」って名前、ちょっとグロいだろ。食べ物を目玉に見立てんな。

「寿司屋のガリ」、あんな旨いのに無料なのおかしいだろ。頼むから金を取ってくれ。

「傘」「皿」「たわし」、そろそろ形とか材料とか変わっていいだろ。テクノロジー進化しろよ。

揚げ足を取りながら生きることは、とても楽しい。僕の生き方の基盤の一つだ。しかし、だからこそ思う。この「揚げ足を取る」という行為が、最近ちょっと節操なく流行り過ぎていないか。僕が言うのも何だけど、それってどうなんだろう。

色々な人が、色々な人の揚げ足を取っているのを見る。特にインターネットで話題になることなんて大半がそうだ。どこからともなく現れた人が、誰かの揚げ足を取っては、せせら笑って去るような場面をしょっちゅう目にする。そういう光景を目にするのがしんどい、嫌だという人も多いだろう。

僕もまた憂えている。揚げ足を取ることが好きだからこそ、得意だからこそ、生きる支えだからこそ憂えている。揚げ足を取るという行為を劣化させてはいけない。揚げ足を取ることの美徳を失ってはいけない。

そう、美徳だ。揚げ足を取ることにも、押さえておくべき美徳があるのだ。根本的な指針となるもの。そこさえ守っておけば、底が抜け落ちないで済む、最終防衛ライン。僕にとってそれは、「揚げ足なんて取るほうが変」とはっきり自覚することだ。

揚げ足なんて、そもそも取るほうが変なのだ。もともと全く選ばなくていい行為なのだ。あえてそれを選ぶ性根は、無意味で無駄で滑稽なのだ。確かに揚げ足を取ることは楽しいけれど、それは対象の間抜けさを指摘できるから楽しいわけではない。揚げ足を取ること自体が不毛だから、自分が丸ごと間抜けになれて楽しいのだ。裏を返せば、何かの揚げ足を取っているとき、自分もまた揚げ足を取られる余地を残す必要があるのだ。

なんてったって、別に「遠足伸」でいいのだ。「遠くの足」だけだと意味がわからないから、先生は適宜言葉を補ってくれたのだ。それをどうこう言うこと自体がナンセンスなのだ。

校庭の標語も、「めあてに向かってがんばる子」でいいのだ。目標をあえて決め切らないことによって、児童の自主性を重んじているのだ。そこにどうこうと口を挟むことは無粋なのだ。

何がスタミナそばでもいい。警察と弁護士の職業上の線引きもどうでもいいし、てんてこ舞いの人は舞ってないし、目玉焼きは見た目に合ったわかりやすい名前だし、ガリは無料のほうが嬉しいし、傘も皿もたわしもデザイン性がすごい。ここまで僕が書き連ねてきた揚げ足取りは、よくよく考えると全てが少しずつ間違っているのだ。

そして、だからこそ楽しい。「言われてみればそう」と「そうとも言い切れないだろ」の中間くらいを狙うのだ。主張内容が通ったからといって世界が何も変わらない不毛さをキープし、揚げ足を取る自分の馬鹿馬鹿しさを自覚し、程よく間違うことを許容することによってのみ、揚げ足を取ることが楽しさへと繋がる。

こうした美徳を備えず、さも自分が強く正しく賢いかのように揚げ足を取っていると、人はどんどん「嫌な奴」になる。揚げ足を取ったくらいでも、人は何かを言ったつもりになってしまう。揚げ足を取ること自体が目的になってしまう。そうしているうち、揚げ足を取った対象のことも、きっと嫌いになってしまう。愛がなくなってしまう。そして、揚げ足を取ること自体がだんだんにしんどくなる。そのサイクルの果て、現代の李徴《りちょう》はインターネットで虎になる。虎は怖い。虎になってはいけない。揚げ足を取ることを楽しまないと。

ああ、情けない。「揚げ足を取る」くらいのことを、つい熱く語ってしまった。揚げ足を取ることに、本当に美徳なんてあるんだろうか。ないような気もする。そもそもやらなくていいことなんだから。なんでそんな不毛なことに、一生懸命に寿命を割いているんだろう。株でも学んでおけばよかった。でも僕は悪くない。出身小学校が悪い。何をめあてに生きていくかを習わなかった。あの校庭が悪い。全部悪い。僕のめあては万物の揚げ足を取ることだ。

不快感早押しクイズ～人生大会～

例えば、誰かと一緒に油そばを食べていたとする。僕は半分近くまで食べ終わっている。横にいる人はまだ三分の一ほど。どうやら箸が進んでいないようだ。

気持ちはわかる。この油そば、あんまり美味しくない。何だろう、どこか物足りない。何だか歯車の噛み合っていない感じがある。口の中で麺がもたつくような、嫌な感じがする。かと言って、食べられないほど不味《まず》いわけでもない。僕は「まあ、こんなもんだろ」とか「油そばってたまにこれくらいのときあるよな」とか思いながら麺をすすっている。

ふと、横にいる人が何か閃《ひらめ》いたような顔をして、「そうか、ラー油が足りないんだ」と言う。手際よくラー油を一振り、二振りと入れたのち、勢いよく食べ始める。それに従って、僕も「ラー油なの？」とか言い、ラー油を入れてみる。一口食べて驚く。油そばが急激に美味しくなっている。ラー油の辛味によって味にパンチが生まれ、油分によって麺のもたつきが解消される。「めっちゃ合うね」。僕は感動した。横にいる人は「なんか最初、不味かったんだよね」と言った。

言われてはじめて、当初の油そばが不味かったのだと気付く。「あんまり美味しくない」「物足りない」「もたつくような嫌な感じ」などは僕も感じ取っていた。それでもなお、僕はその油そばについて「これは不味いものだ」とか「味を調整しよう」とか思っていなかったのだ。鈍い。鈍過ぎる。

生活の中には、環境を少しでもよくするために、今何が欲しいのか、何が足りないのかに気付かなければならない場面がある。早く気付くに越したことはない。自分が感じている不快感をすぐに言語化し、それを最速で解決する方法を導き出すのが理想だ。それはさながら、気付いた奴から順番に得をするレースのようである。

こういった場面のことを、僕は「不快感早押しクイズ」と呼んでいる。普通の早押しクイズ同様、問題の全容に気付くスピードがものを言う。少ない手がかりから問題の構造を把握できるかどうか、既にある知識をもとに正確な解答を導き出せるかどうかの勝負だ。

問題を出してみよう。考えてみてほしい。

例えば、「みんなで徹夜でカラオケしよう！」となったとする。夏だろうが冬だろうが、日付を回った午前二時頃には、部屋から何となく熱気がなくなる。外気の温度が下がったからというのもあるし、少し疲れが来るタイミングだからそう感じるのかもしれない。全員の頭にはなんとなく「今は雰囲気に合わせてバラードを歌っておこうかな」とか「ちょっと温かい飲み物でも飲もうかな」くらいのことが浮かんでいる。僕は僕で、ドリンクバーからホットココアを持って来る。そして誰かが「寒くない？エアコン上げよう」と言う。

「やられた」と思う。不快感早押しクイズ、正解は「寒くない？　エアコン上げよう」である。皆さんは正解を出せただろうか。僕には無理だ。毎回出せない。夜のカラオケボックスが何となく寒いことなんて、もうとっくにわかっているはずなのに、毎度、気付けない。「寒くない？」と言われて「寒かったんだな」と気付くし、「エアコン上げよう」と言われて、「エアコンをいじればいいんだ」と気付く。なぜ僕の目の前には、いつも飲みたくもないホットココアがあるんだろう。

そう。僕はこの「不快感早押しクイズ」にめっぽう弱い。それはもうものすごく弱い。即座に正解を出せた試しがない。自分が何を不快に思っているのか、気付けないまま長らく我慢したり、根本的な解決にならない対策を取って満足したりしてしまう。

そして横の奴が正答するのを眺めながら、毎回ものすごく悔しい気持ちになる。人の揚げ足を取ることにかけては韋駄天《いだてん》であり、言葉を使うことも比較的得意なのだけど、我が身に降りかかる不快感については、センサーが完全に故障しているのだ。何に対しても「だいたいなんでもいいや」とか「これはこれで面白いなあ」とか考えてしまう楽観性が、完全に仇《あだ》となっている。

とは言え、ただ楽観的ではいられない。「不快感早押しクイズ」に弱いと損をする。本家早押しクイズは、正解しようが間違えようが、クイズゲームの中の点数が上下するくらいで済む。所詮はエンターテインメントの一部でしかない。しかし「不快感早押しクイズ」で間違えた場合、生活の中で実害を被《こうむ》ってしまう。すぐ出せる答えを出せないまま、だらだらと問題だけを抱えてしまう。

学生時代のことだ。住んでいたアパートの部屋で、天井からしとしとと水が漏れてきたことがある。結構びっくりした。教科書が濡れた。部屋は四階建ての二階にあり、雨漏りの線は薄かった。一旦、床にタオルを敷いてみる。少し色がついた。真水ではなく、排水が漏れているようだった。天井を眺めていたら、だんだん量が増えてきた。一旦、僕はタオルの代わりに調理用のボウルを置いた。しばらくすると、水漏れが止んだ。ひとまず「止まってよかった」と思った。

その後、定期的に水漏れが発生した。週に一度だったのが三日に一度になり、毎日になった。「こういうことってよくあるのかな」と思いつつ、タオルを敷いたり、ボウルを出したり、時には両方を出したり、対策を進めていく。毎度、少したてば水漏れは止まる。そのたびに「止まってよかった」と思う。

だんだんに、僕は水漏れの周期性を把握していく。水漏れがいつ訪れるのか、気配でわかるのだ。毎日、タオルとボウルを駆使して水漏れを処理していく。

今日はもうすぐ来そうだな。やっぱり来た。わかってたんだよ。よしよし。お、止まった。止まってよかった。

あれ、今日はまだかな。もう少しなはずなんだけどな。来ないのかな。おお、やっぱり来た。よう！　こんにちは！　なんだかお前のせいで、天井がちょっと黒ずんじゃってるな。汚れちまった天井。今日も水漏れの滴《したた》る。中原中也？　まあいいや。やったぜ。止まってよかった。

今日も会えるだろうな。おお、来た来た。待っていたよ。昨日は十七分続いたね。今日はどうかな。お、結構続くねえ。おっと、三十分を超えた！　最高記録じゃないか！　おめでとう！　止まっていいのか？　止まっていいのか？　ああ、止まった。止まってよかった。またおいで。

もはや僕は、天井からの水漏れと友達になっていた。

そんなある日、アパートの大家さんが来た。「上の階で水道トラブルがあるようなんですけど、何か気になることってありませんか？」。僕は「あります」と答えた。水漏れが始まってから、半年後のことだった。半年間、友達とは毎日会っていた。

少しして、水道工事の業者がやってきた。アパートに電動ドライバーの音が響く。ものの数分で、水漏れが直った。

不快感早押しクイズ、ドボン中のドボンである。早押しに半年もかかってしまった。正解は「水漏れは不快なので、大家さんに言う」だったのだ。その日が来るまで、僕は「水漏れが不快だ」ということにも、「水漏れは業者が入ればすぐに止まるものだ」ということにも気付かなかった。挙げ句の果てに早押しクイズの解答権を失い、あろうことか大家さんに答えさせてしまった。

どうしてそんなことになってしまったのか。僕は水漏れを問題だとは認識していた。しかし、「周期性を把握して対策をすること」こそが「解決」だと思ってしまっていたのだ。何なら、「トラブルと上手く付き合えてて自分は偉いなあ」くらいの感覚でいた。「問題解決能力が高いと得をするなあ」と本気で思っていた。

本当に愚かである。毎日「止まってよかった」と思っている時点で、それ止まってないだろ。「こういうことってよくあるのかな」じゃないよ。今どきのアパートで半年間の水漏れってなかなかないよ。だいたい、よくあったからってダメだろ。半年も我慢して、しまいには水漏れと友達にまでなっていた。何やってんだ。相手は水漏れなんだぞ。現象と友達になるな。

自分は本当に鈍いなと思いながら、いなくなった友達への餞別《せんべつ》にと、その日はお寿司を食べた。とても美味しかった。なかなか間抜けな寿司だった。

天井の変色による修理費用は、退去時にばっちり敷金から引かれていた。

こうした「不快感早押しクイズ」への徹底的な弱さは、僕のかなりの短所である。誰かが「不快感早押しクイズ」に正解しているのを見ると、自分にも答えられたのにと悔しくなる。もちろんずっと負け続けているわけにもいかない。本家早押しクイズ同様、「不快感早押しクイズ」にも傾向と対策がある。最近は油そばを見るたびにラー油を連想するようにしている。しかし、かと思えば正解が「お酢」だったりする。

本家同様、ひっかけ問題もある。今後の人生、僕は「不快感早押しクイズ」で大量の敗北を積み重ねていくのだろう。強くなりたい。

一方で、一方でこの弱さは長所なのかもしれないとも思う。僕は自分が不快な状況にあることに気付けない。しかし、不快な状況であっても、楽しさを見出していく姿勢を持っている。水漏れとでも友達になれる、懐《ふところ》の広さがある。水漏れと親しくなれる人間が、この世に何人いるだろうか。そうだ。僕はこの弱さによって、かえって豊かになっているんだ。その可能性がある。そう思わなくもない。できればそうであってほしい。今後とも、不快感に対して鈍いままで生きていこうかしら。

でもどうだろう。そう思うこと自体が間違っている気もする。既に早押しクイズが始まっていたりして。こういう人間になって何年たつだろう。解答権はまだあるだろうか。

変なパン屋が増えますように

僕は芸人をしていて、あちこちの街でライブをする。しょっちゅう知らない街に行く。知らない街なので何も知らない。右も左もわからない。それでも、そこに住む人が街をどのように見て、どのように使っているかはわかる。

あの街灯はどうせ光っても暗いのだろう。その向かい、あの喫煙所はどうせガラが悪く、吐かない程度の酔っぱらいが週末に群れを作るのだろう。吐かない程度の酔っぱらい、変に元気だからたちが悪い。いっそ潰れて寝そべってくれたらいいのに、なぜか絶対に潰れない。通りを挟んだあのカフェでは、どうせ平日の午後はいつでもマルチの勧誘が行なわれている。絶対そうだ。どうせ週に一人くらいは騙されている。絶対そうだ。猫背の店長はそのことに薄々気付いているのだけど、客入りの悪い時間帯を埋めてくれるものだから強く出られない。

答え合わせはできない。けれど、どうせそれなりに合っている。合っていないほうが嬉しいのだけど、どうせそれなりに合っている。街はさいころを振って出た目ではなく、人間によって設計されたものだからだ。そこには意味と計算と必然性がある。僕たちが街を歩くとき、道路の幅、街灯の間隔、公衆トイレの配置、隅々に至るまで、誰かが頭をひねりデザインした痕跡を見て取ることができる。できてしまう。

風景のひとつひとつは、僕たちに対して「こういうふうに使ってくださいね」というガイドラインを示してくれる。だからこそ、僕は知らない街に行ったとしても、知らない街の使われ方がわかる。そういった感覚、経験、偏見の総体を、人はときどき「常識」という。

ぼうっと街を眺めながら、もしかしたら煙草を吸いながら、僕はぼんやりと考える。この知らない街にも、変なパン屋があるかな、あったらいいな、と。

増えろ！　変なパン屋！

変なパン屋、あればあるほど最高である。変なパン屋にも色々ある。変な店名のパン屋、変な立地のパン屋、変な店長がいるパン屋。どこが変であってもよいのだけど、どこかが変であるようなパン屋のことを、僕は「変なパン屋」と呼ぶ。あらゆるポイントが変である必要はない。どこかが少しでも変ならば、それで十分に変なパン屋だ。

僕は、あらゆる街に変なパン屋があってほしいと願っている。変なパン屋がある街は最高だからだ。

重要なのは、僕が「変なパン屋」そのものを好きなわけではないことだ。僕はあくまでも「変なパン屋のある街」が好きなのであって、「変なパン屋」に対して特に愛着はない。変なパン屋、あんまり行きたくないかもしれない。なんか、怖い。別に怖い。

そもそもあれだ、変なパン屋、なんなら気に入らない。

変なパン屋を開く奴なんて、どうせ人間や世の中を舐めている。そうに決まっている。変なパン屋を見るたび、舐めるな、ふざけるな、ちゃんとやれ、変な企画を通すな、周りをイエスマンで固めるな、デカいだけのチュロスを作るな、なんだそのご飯かおやつか定かではないパンは、制服をこだわるな、もっと駅近でやれ、お前がなりたかった大人は本当にそれで合っているのか、などと思ってしまう。そんなこと思いたくないのだけれど、なにぶん僕の中にも狭量《きょうりょう》で偏屈《へんくつ》なだけのモードがある。変なパン屋に対して、個人的な文句はいくらでも言える。

しかしそれ以上に重要なのは、僕にとって、街にとって、あるいは人間にとって、変なパン屋は必要だということだ。僕はあらゆる街に変なパン屋があってほしいと思う。

なぜか。「変なパン屋のある街」とは、「変なパン屋を許容する街」でもあるからだ。そこに変なパン屋があるとき、ある種のノイズ、ある種の不協和音、ある種の逸脱が許されている感じがする。僕は、変なパン屋の存在から覗ける空間の広さ、包容力を、心から愛している。この世にはデカいだけのチュロスがあってもいいのだ。

だから、増えろ！　変なパン屋！

ごくごく機能的にデザインされた都市の風景の中に、ちゃらんぽらんな変なパン屋があると、本当に助かる。自分がここにいてもよいのだなと思える。その許容される感覚を、僕は豊かさと呼びたい。変なパン屋がある街は、少しだけ空気が広い。たぶん酸素も多い。多少のおふざけや多少のいびつさを許容し続ける、勇気や優しさ、精神的余裕がある。

ここまで書いてきて何だが、この話は「変なパン屋」以外でも成立するにはする。

物のたとえだから。パン屋である必要性はない。それでもパン屋がいいな。それでも僕はパン屋がいい。パン屋を用いてこの話がしたい。だって、「変なカフェ」だと少し高尚な響きがしてしまうから。「変な博物館」とか「変な図書館」だと、どの街でも見つけられるものではなくなるから。「変な高校」でもいいにはいいのだけど、僕が高校生じゃないから、リアリティーがない。もう何年も煙草がうまいし。だんだんチャーシューメンも胃もたれするし。

パン屋がいい。パン屋はちょうどいい。パン屋は誰しもの日常生活にほんのりと関係があり、しかし関係を持たずに生きていくこともできる、それくらいの距離感にある。その距離感に「変なもの」が存在したら、ちょっと嬉しいじゃないか。空気が吸いやすくなるじゃないか。だからパン屋だ。パン屋でこの話をしなければならない。

僕は祈る。あらゆる空間が、変なパン屋を許しますようにと。隅から隅まで設計されていくこの世界が、どうか変なパン屋を許し続けますようにと。しかし、なるべくなら変なパン屋には行きたくない。怖いからだ。

要らない応援を忘れろ

世の中には、人を頑張らせるための言葉がいっぱいある。いったん「応援ワード」と名付けておこう。例えば、名言や格言の類《たぐい》はだいたい人を頑張らせようとするものだ。ほぼほぼ応援ワードと言っていい。ヒット曲の歌詞や小説のセリフ、詩の一行にも、珠玉《しゅぎょく》の応援ワードは多い。あるいはもっと身近なところで、家族や友人、指導者が応援ワードをくれることもあるだろう。世の中は応援ワードで溢れている。

今あなたの頭に、誰かから贈られた応援ワードが何かしら浮かぶだろうか。自分を支えてくれる力強い言葉。優しく寄り添ってくれる温かい言葉。今何かの言葉が浮かんだならば、その言葉をこれからも大事にして生きていてほしい。その言葉はあなたを奮い立たせ、土俵際で粘らせ、あと一押しの力を与えてくれる。世の中に溢れる応援ワードの中でも、ひときわ強く輝くワード。いわば、「アタリ」の応援ワードだ。

アタリの応援ワードには、人生で何度でも出会っておいたほうがいい。多ければ多いほうがいい。僕にもある。大学生の頃に言われた、「君はとても論理的な人だけど、実は奥底に人間的な温かさがあるよね。それに気付いてもらいたいから、論理を使って人と関わろうとしてるんだよね」という言葉。あれは本当に嬉しかった。

僕はどうしても、顔なり髪形なり服装なり喋り方のせいで、暗そうで冷たそうな印象を与えてしまうことが多い。実際の性格や趣味も、ある程度まではそうなんだろうと思う。でもそれだけじゃない。もっと踏み込んで、感じ取ってほしい。きっと僕は、意外と人当たりが柔らかく、意外と愛嬌《あいきょう》がある。何ならかなり人懐っこくさえある。ハードルも難易度も高く見えるかもしれない。でもどうか、もっとこっちまで来てほしい。長らくそう思って生きてきた。

だから、あの言葉には感謝してもし切れない。それを見抜いてくれて、しかもその奥にあるものまで、端的に言い表わしてくれたのだから。今でもとても励みになっている。コントを作ること、文章を書くこと、その全ては他者と関わり合いたいからしている行為だ。僕はどうにかして人と関わりたくて、だけどそれが簡単にはできなくて、でも諦めたくなくて、言葉と一緒にもがいている。その営み全体に気付いてもらえたことが、本当に嬉しかった。救われた気がした。あれは、僕が人生で受け取った中でも屈指のアタリの応援ワードだった。

で、その言葉をくれた相手はマルチの勧誘の人だった。そこだけ最悪だった。本当に最悪だった。勘弁してほしい。なんでお前に救われないといけないんだよ。ふざけんなよ。マルチが俺を救うな。確かそのときは、友人が勧誘されてトラブっていて、「だったら俺が話をつけて断ってやるよ」的なノリで会いに行ったのだった。今思えば行かないほうがよかった。僕に限らず、若者というのは正義感がちょっとばかり前のめりなのだ。場所はマルチの人たちが集《つど》う怖いバーだった。「食べログ」とかには載っていない。言うまでもなく、「会員制」である。怖いよ。怖いんだよ。

マルチというのは、相手を誉めて、気持ちよくさせながら勧誘するのだという。相手の欠点やコンプレックスに、そっと優しく毛布を掛けてあげる。すると人間はコロッと騙されてしまうのだとか。正直危なかった。毛布は温かかった。だけど僕はマルチに引っかからなかった。何を隠そう、論理的な人間だからだ。ざまあみろ。論理だよ論理。人間には論理が大事なんだよ。温かさなんか要らん。ざまあみろ。入会費十五万円の時点でまともじゃねえんだよ。舐めんなよ。儲かってる話を散々しといて、会計が割り勘だった時点で一発アウトなんだよ。でもあの言葉だけはありがとうな。

僕のケースはともかく、世の中にはたくさんのアタリの応援ワードがある。生きることは、アタリの応援ワードを集めながら、どうにかやっていく営みなのかもしれない。

ただ一方で、世の中にはハズレの応援ワードもある。貰ったところで嬉しくない応援ワード。何なら、嫌な気持ちになってしまう応援ワード。こちらを応援するフリをして、余計な足枷《あしかせ》になってしまうワード。悲しいかな、きっとアタリの応援ワードよりもいっぱいある。

ハズレの応援ワードは、数ある応援ワードの中でハズレというのみならず、あらゆるコミュニケーションの中でも、結構ちゃんとハズレである。何せ、カテゴリとしては応援ワードなのだ。だからたちが悪い。誹謗《ひぼう》や中傷とは違い、善意っぽい顔で放たれる。したがって受け取らないわけにもいかない。言い返すことも難しい。それも得てして身近な人や、こちらに好意のある人から放たれるため、心にがっつりと効いてしまう。おまけに言われた瞬間にはハズレだとわからなかったりする。後からじんわり枷になる。

そういったハズレの応援ワードの中でも、最も有名かつ頻繁に出会うのは、「今ここで頑張れない奴は一生頑張れない！」という言葉だろう。最悪過ぎる。大ハズレの応援ワードである。僕自身、子どもの頃は学校の先生によく言われたし、大人になってからもたまに聞く。

何が良くないって、そもそも言ってることが正しくない。今ここで頑張れるかどうかということと、今後まだ見ぬ何かを頑張れるかどうかは、全く関係がない。あまりにもない。人生において、一つ一つの出来事は別々に起こる。それぞれを頑張れるかどうかは、運とか体調とかタイミングとか、色々な要素によって決まるものでしかない。たかが一つのものを頑張れるかどうかに、人生の全てが懸かっているわけがない。どうしてそんなに大きく振りかぶってくるのだろう。普通に「頑張ってね」じゃ駄目なのか。

僕があの言葉に最初に出会ったのは、中学生の頃だった。高校受験の話をしていたとき、担任教師が「今頑張れない奴は一生頑張れないからな」と言った。そりゃもう言った。そのまま言った。マジでめちゃくちゃ嫌だった。そっとしておいてほしかった。高校受験を頑張れるかどうかと、その後の人生の全てを頑張れるかは、絶対の絶対に全く関係がない。

その言葉を言われた十五歳の僕は、中学生の自分が二十代、三十代、四十代……の自分を持ち上げている絵をイメージした。中学生の自分が頑張れないと、全員が倒れてしまうのである。そんなわけがあるか。勝手に年金負担の風刺画みたいな構図をあてがってくるな。年金負担の風刺画は全員別人で描くものだろ。なんで登場する全員が俺なんだよ。おかしいだろ。あんま俺を増やすな。

あの言葉の最大の問題点は、正しくないばかりか、時に悪質な呪いに転じることだ。そういう言葉を受け取ってから、頑張れなかったらどうなるだろう。自分は一生頑張れない人間で、根本的な欠落があると思い込んだ人間が出来上がってしまいかねない。学生時代の失敗なんて、引きずる人は引きずるぞ。そうなったらどうする。どう責任を取る。そのとき、あの言葉を吐いた人はどうせ当人の近くにいてくれない。自分が関わらなくなってから効き始める、遅効性の毒を仕込むな。戦法として意地が悪いんだよ。毒手《どくしゅ》使いとかのやり口だろ。そんなものを指導的立場から放つな。そもそもなんで応援ワードにペナルティーが仕込まれてるんだよ。変だろ。大人だろ。ちゃんと応援しろ。

輪をかけてむごいのは、「自分は一生頑張れない人間だ」という認識が、誰にとっても真実ではないことだ。人間、努力のギアを上げられるタイミングなんて、いつでもやってくる。ここが頑張りどきなんだなとわかって、自分を奮い立たせ、ありったけの力を発揮する瞬間なんて、そのうちちゃんと訪れる。そうに決まっている。たとえそうではないとしても、そう思い込んでおいたほうが、機が来たときに頑張れそうだろう。それなのに、あの応援ワードを受け取り、頑張れなかったら最後、事実ではないことを思い込まされて、思い込んだがゆえに頑張る気力を削《そ》がれて、思い込みがだんだん事実になってしまいかねない。

いやあ、怖い。人間は「そうだと思い込むとそうなってしまう」という性質を持っている。感情や振る舞いが、言葉やイメージに引っ張られてしまう。

これは言霊《ことだま》信仰とかスピリチュアルというような文脈ではない。僕得意の論理によって説明できるレベルの話としてそうだ。社会科学の用語を引っ張って来るなら「ラベリング論」とか「予言の自己成就」とかになる。用語はなんだっていい。興味があったら調べてほしい。とにかく、人間にはこうだと思ったらこうなるし、ああだと思ったらああなる節があるのだ。自分についての負のイメージを引きずったまま生きたら、負へ負へと傾いてしまう。少年期に受け取った言葉によって、そんなふうに生きさせられるのは悲し過ぎる。呪いとして、罰ゲームとしてあまりにもたちが悪過ぎる。

ごく当たり前の結論だけど、人間はいつ頑張るも、いつ頑張らないも、まるっと全て個人の勝手でいい。それくらいの自由があっていい。どこでどういうふうに力配分をしたって構わない。

一つの時間に、一つの失敗に、一つの挫折に、多くのものを懸け過ぎる必要はない。そのとき頑張れなくても、いつかまた頑張れるし、そのとき頑張っても、いつかは頑張れなくなる。それは絶対にそういうものだ。失敗だとか挫折だとかに、人生全体を背負わせるほどの意味や重みを持たせないほうがいい。一つの失敗とは無関係に、別の成功が訪れうる。それが真実だし、そっちのほうがいいだろう。

それなのに、世の中には正しくないうえに人を呪う、最悪の応援ワードが跳梁跋《ちょうりょうばっ》扈《こ》している。なんであの言葉が未だに市民権を失っていないのか、僕にはてんでわからない。やめてやれよ。そんな言葉を流行らすな。途絶えさせろ。

しかし、きっとあの言葉だけではない。他の、僕がまだ気付いていないようなところに、ハズレの応援ワードは潜んでいるのだろう。人を応援するふりをして、がんじがらめにしてしまう嫌な言葉。優しさや強さのふりをして「応援ワード」に紛《まぎ》れ込むずるい言葉。たとえそれが善意から放たれるものだったとしても、ハズレはハズレだ。愛情が込められていても、毒キノコ料理には毒がある。絶対にそうだ。

ああ、なんだか論理的かつ人間愛に溢れたことを書いてしまった気がする。あいつの顔が浮かぶ。浮かんだ。出てくるな。沈め。まったく。

名前もわからんマルチの勧誘のあなた、お元気ですか。この本を読んでいたりしますか。あの珍しい昆虫みたいな色のスーツはまだ現役ですか。僕の友達から受け取った十五万円は、ちゃんと返金しましたか。あの日の言葉、嬉しかったです。本に載せるほど嬉しいんです。でも二度と会いたくありません。一度マルチをやった人は、一生マルチやってそうだから。

「好きなタイプは？」って聞いてくんな

世の中には「好きなタイプは？」という質問がある。僕も時々される。シチュエーションにもよるけれど、だいたいなんかちょっと嫌である。どう答えても微妙に変な空気になる。あの質問への返しで、ウケたことも感心されたこともない。逆に、人があの質問に答えるのを聞いて、笑ったことも感心したこともない。

あの質問はなにせ答えにく過ぎる。ざっくりと「優しい人」とか言うと物足りなさそうな顔をされる。別に間違ってないだろ。「えー、もっとないの」とか言ってくれるな。別にもっとあるよ。

でも、もっとあるからと言って、もっと言えばいいというわけでもないのが難しい。あの質問に対して「身長がこれこれで、髪形がこれこれで、服装はこれこれで……」とか詳細に答えると、確実にポカンとされるのだ。「そこまでは求めてなかったよ」みたいな顔をされる。「もっとないの」と「そこまでは」の間はどこなんだ。教えてくれよ。

しかもそんなふうにこちらが言葉を尽くした後で、「あなたはどうなの？」と聞いてみると、「うーん、フィーリング」と言われたりなんかする。ふざけんなと思う。もっとまじめに考えろ。こっちはまじめに考えてたんだぞ。フィーリングって何なんだよ。まじめに生きろ。まじめに言葉を使え。好きなタイプがフィーリング、はマジで何も答えていないのと同じだろうが。そんなこと言ったらみんなフィーリングだろうが。それがどういうフィーリングなのかって話をしていたんじゃないのか。ジャンルで答えるな。カテゴリーで答えるな。「フィーリング」のことをフィーリングって言うな。話にならないだろ。二度と言うな。逃げるな。

そういうわけで、あの質問に対してどう対応するのが正解なのか、僕にはてんでわからない。あの質問から何かしら生産的な会話が生まれたことなど一度もない。なんなら毎度毎度自分がどう答えてきたかも覚えていない。それなのに、あの質問はしぶとく世の中に残り続けている。一体どういうことなんだ。

「語りえぬものについては沈黙せねばならない」と哲学者ヴィトゲンシュタインは言った。ヴィトゲンシュタインにこの話を相談したら、「好きなタイプを聞く奴が悪い」と答えてくれるに違いない。その後、黙るに違いない。正解のない問いなど要らないのだ。

　ただ、このようにあの質問を毛嫌いする僕だが、一度だけあの質問への正解を聞いたことがある。飲み会の場で、同い年くらいの女性が言った。彼女の好きなタイプは「顔とか性格とかは何でもいいけど、集団の中で比較的地位が高くて、でも程よくハードルが低く、いじられ役兼ツッコミみたいなポジションで、ちゃんと重んじられながらも軽んじられてる人」なのだという。

　感心した。あのときは感心した。何せ、顔とか性格は何でもいいと言いながら、その後に続く条件に該当するような人ならば、確実に顔やら性格やらもいい感じに揃っているからだ。そんなにも遠回しに最高の理想を言い表わすことができるとは。驚いた。彼女は言葉と人間への解像度が抜群に高いのだろう。嫌味のない言葉を使いつつも、最強の人間を表現することに成功している。

　彼女の言う「タイプ」は、言葉の上ではあまり多くを望んでないようにも聞こえる。しかしそこには全部が入っている。集団の中で程よく地位が高い時点で、確実に清潔感はあるし、仕事もできる。それでいてハードルが低いということは、誰とでもコミュニケーションができる気配りの持ち主である。そんな奴は優しいだろうし、性格もいいだろうし、頭も切れるに決まっている。いじられ役兼ツッコミということは、関わりたくなるような魅力があるということだし、威圧的だったり横柄《おうへい》だったりするような嫌らしさはなく、常識的な感覚もあるということだ。そこまで人格的に完全無欠ならば、当然周囲からは重んじられるわけだが、同時に軽んじられるということは、隙を見せる愛嬌さえ持っているということだ。おいおい、そのポジションを取れるという事実に、人間の全部が含まれているじゃないか。

多くの人間は、対人関係でいつも悩んでいる。「あちらを立てればこちらが立たぬ」的な二律背反《にりつはいはん》、欲求と欲求の板挟みがどこそこで起こる。自分らしさを出したいけれど、かといって周りと協調もしたい。人には舐められたくないし、優れたところが欲しいけれど、かと言って疎《うと》まれたり、腫れ物に触るような扱いを受けたりするのは嫌だ。みんなそれらのグラデーションの中で、何かを諦め、何かを選び、自分の振る舞い方をかろうじて作っている。気軽さやカジュアルさを保ちつつ重んじられてる奴には敵《かな》うわけがない。理論上不可能なことをやり遂げんな。すごすぎるだろ。そういう奴が一番強い。芸能界で考えてみても、そんなのV6の井ノ原快彦《よしひこ》さん、イノッチくらいしかいないんじゃないか。人間なんて、なれるもんならみんなイノッチになりたいんだよ。なりたくてもなれないんだよ。

彼女の答えた好きなタイプとは、要するに「イノッチ」だったのだ。「顔とか性格とか何でもいい」じゃないのよ。イノッチの顔はかっこいいし、面識がない僕が言うのも何だが、性格ものすごく素晴らしいに決まっている。そう、彼女は語彙を尽くして、違う言い方で、象徴的に「イノッチ」と答えていたのだ。この答え方はだいぶ正解に近いのではないか。好きなタイプとしてまさに理想となる存在を、モザイクアート的に特徴のみで描写する方法。

では、僕も今後好きなタイプを聞かれたとき、彼女の回答を借りてしまえばいいのかというと、そういうわけにもいかない。実際、彼女が「正解」を出したとき、飲み会の席は一瞬だけ凍り付いた。あまりにも彼女の答えが正解過ぎて、「正解だけど、なんか正解過ぎて嫌だな」という空気が流れたのだ。彼女の回答は正解だったが、コミュニケーションとしてはやや失敗だった。

彼女が受けた質問は、好きなタイプを聞いているようでいて、好きなタイプを知るためのものではなかったのだろう。実はきっと、もう少しざっくりと彼女の価値観を知るためのものだったのだ。

そしてこれはきっと、あの飲み会の場面に限ったことではない。少し、人生にあの質問が登場した場面のことを思い出してみてほしい。きっと初対面か、せいぜい二、三回目か、こちらと相手が何となく仲良くなりかけているタイミングだったのではないだろうか。本当に仲の良い者同士で、あの話になったことがあっただろうか。ないんじゃなかろうか。仲が良かったら他にもっと話すことがあるし。人はそんなに暇じゃないし。

そう考えると、あの質問を投げかけてくる人の本当の目的は、「あなたの好きなタイプを聞くこと」ではないのだろう。たぶん、ただこちらと仲良くしたいのだ。そのためにこちらの個性を知りたいのだ。だったら言いたい。もっとあるだろ。もっとあるって。周辺から聞くな。外堀から埋めるな。もっとガッと来い。

それでも事実として、あの質問は本当によく聞かれる。だったらもう仕方がないので、少し本気で答えを考えてみようと思う。自分に嘘がなく、会話の流れを止めることもない「究極の正解」を作ってやろうじゃないか。

まず思い返してみれば、僕にも人を好きになるうえでのうっすらとした傾向はある。優しい人か厳しい人かでいえば優しい人のほうが好きになりやすいし、趣味の話ができない人よりはできる人のほうが好きになりやすい。でもこれらは「好きなタイプ」という感じがしない。あまりにも当たり前過ぎるからだ。具体性には欠けているし、「そりゃそうだろう」感が否めない。質問に答えた感じがない。

では、もっとトータルで人を見つめたときの、一般的な印象について、具体的な事例を交えながら述べればいいのだろうか。「アナウンサーを目指したことがありそうな感じの人」とか「生徒会に入っていたとしたら書記をやってそうな人」とか「自分よりも少しだけ信号を守る意識が高そうな人」とか、いくらでも言いようはある。先述のイノッチの答えに近い。組み合わせることで、なんとなく色々な含みを持たせる感じにもできそうだ。

でもそういうふうに言葉を紡《つむ》ぐとき、僕が頭で浮かべているのは一体どこの誰なんだろう、という気持ちになる。それに該当する人間なんかいたっけ、と思う。具体的に答えれば答えるほど、なんだか特定の誰かにぶち当たりそうで、でも具体的な誰かのことを指しているわけでもなさそうで、虚空をデッサンして人の顔を描き出しているような、根本的なちぐはぐさが拭えない。そこには誰もいない。イノッチさえいない。

つまるところ、「タイプ」という言葉がよくない。「タイプ」という言葉は、物事を抽象化して種類、属性のみを取り出していう言葉である。一方で、人を好きになるというのは、もう少し具体的な感情の動きであるはずだ。ごく具体的なシチュエーションで、具体的な誰かに対して、具体的な自分が、言語化以前の何かしらの響きを感じ取って発生する、具体的な出来事だ。

すなわち「好き」という感情と「タイプ」という言葉の相性が悪いのだ。一般化、抽象化というのはざっくりと対象をつかもうとする行為であり、それは具体的な他者にピンポイントで惹かれる「好き」とは真逆である。「好き」という現象を、「タイプ」という言葉をもって説明しようとする試みは、はなから取り合わせが悪い。きっと一つ一つの恋はそれぞれ全く別のものであるはずだ。簡単に一般化できるものではない。「一般的なタイプ」なんてものは、誰にとってもあってないようなものなのだ。人間関係によって自己が変質するのが恋愛なんだから。一般的な感覚が覆《くつがえ》りうるのが恋愛なんだから。タイプなんかぶっ壊されてなんぼなんだから。

また、ここまで確認してきた通り、ああいう質問が発せられるのは、あくまでも他人の好きなタイプを知りたい場面ではない。好きなタイプを聞くことでその人の人間性を理解しようとする場面である。

それもそれで、やっぱりおかしい。「好きな人のタイプ」が詳細にわかったとして、何だっていうんだ。それがその人の人となりを理解するうえで大きな助けになるのだろうか。人は恋以外のこともする。好きな人のタイプごときがわかったからって何なんだ。根本的に恋愛至上主義過ぎるものを感じる。人は恋愛のために生きているわけじゃない。恋愛に関する何かを理解したくらいで、その人のことが理解できたと思い込むな。

そういうわけで、「好きなタイプは?」という質問には、二重の落とし穴が含まれていることになる。一つ目に、「好き」という感情をタイプで説明させようとすること。二つ目に、「好きなタイプ」がわかりさえすればその人のことがわかってしまうと考えること。どちらも非常に粗雑な人間認識である。人間はもっと繊細な生き物だ。そんなにきっちりと割り切れるものではない。何か一つの手がかりから全てが覗けることもない。たくさんの説明できない曖昧さを含んでいる。常に変わりゆく、動いてしまうものでさえある。繊細で、頼りないのだ。

僕たちはお互いのかたちを完全に捉えることができない。全体像なんて見えないまま、モザイクアートのひとかけらのような一つ一つの出来事を手がかりに、他者と関わり合おうとする。その過程は、上手くいかないことのほうが多いだろう。だけど時々、奇跡が起こる。想像力の助けを借りて、別の個体同士であるはずの僕たちが、頼りなく曖昧なままで、心を通わせ合ったりもする。少なくとも、そう錯覚したりする。恋愛に限らず、あらゆる人間関係におけるわかり合いとはそういうものだろう。

そう考えると、「好きなタイプは？」というあの質問への最も誠実で正確な答えは、言葉にし過ぎていない言葉、変わりゆくものの全体像を捉えようとする言葉、そして曖昧さを含んだ言葉であるべきだ。僕はちょうどいい言葉を知っている。「フィーリング」である。まさかお前が正解だったとは。

説明なんか何一つつかなくていい

この世は説明で溢れている。蛇口をひねれば水が出る仕組みも、うなぎを蒲焼きでばかり食べる理由も、音楽室の壁に空いている穴の役割も、誰かがどこかで説明している。

人間は説明したがる。今が幸せとなればなぜ幸せなのかを説明するし、今が辛いとなればなぜ辛いのかを説明する。「辛いという字に一本足せば幸せだ」と、素敵なのか素敵じゃないのかギリギリ悩むくらいのことを説明する人もいる。あれ、いつから言われているものなのだろう。最初に聞いたときは「へえ、なるほどな、洒落てんな」と思った。だんだん「ダサい」とか「その一本はどこから来たんだ」とか思うようになった。今となっては、もう何も思わない。聞き過ぎた。

人間は説明したがるのみならず、それ以上に説明させたがる。僕たちは日常の中で「説明すること」を頻繁《ひんぱん》に求められる。学校でテストを受ければ「三権分立とは何のことでしょう」。入社面接を受ければ「我が社を志望した理由は何ですか?」。恋愛をすれば「私のどこが好きなの？」」。僕たちはふだん、「説明」という行為にかなりの比重を置いて生活している。

すると、「説明」という行為の価値はどんどん高まる。説明能力の高い者は得をするし、低い者は損をする。世の中には、「誰にでもわかるように説明できる人が頭のいい人だ」という言説まである。

自分で言うことではないのだろうが、僕は物事を説明することがなんぼか得意だ。ちょっとしたゲームのルールだとか、数学のわかりにくい問題だとか、最近の時事的な論争だとか、広く浅く何でも説明できる。

そして「得意だ」と自負しているからこそ実感していることなのだが、説明という行為はかなりデタラメである。説明が上手いからって、頭がいいわけではない。コミュニケーションの技術にはカウントされるだろうけれど、技術以外の何ものでもない。わかりやすく説明できることなんて、「わかりやすく説明できる程度のこと」でしかない。説明が上手いだけの人間に騙されてはいけない。

あなたも僕を疑ってくれ。僕を疑うんだ。たちの悪いことに、僕は自分が知らないことや、間違った内容でさえ、一定の説得力を持ってわかりやすく説明できてしまう。

わかりやすい説明のために必要なのは、「知識の正しさ」や「視野の広さ」などではなく、「それっぽさ」でしかない。「説明がうまい」とは、ほぼほぼ「それっぽい」という意味でしかない。

日本ではあまり知られていないことだが、カレーなどに添えられるナンは分類上、麵類である。「麵」と言えば、小麦や米などを生地にし、細長く切ったものというイメージがあるだろう。しかしそうではない。「麵」という漢字には、「面」が含まれている。もともとの定義によれば、平たく生地を伸ばした「面」の状態こそが「麵」なのである。うどんにしろそばにしろ、普段我々が食べている「麵」とは、「面」を細切りにしたものだということになる。すなわち、ナンのような小麦をこねて平べったく成形したものは、むしろ「麵」の本来の定義にかなり近いものなのだ。ナンは麵類である。

完全に嘘である。ナンはどう考えてもパンの仲間であり、麵類ではない。しかし、内容には一定の説得力があるはずだ。終始それっぽいからだ。騙されてはいけない。「麵」という漢字の成り立ちの話も完全にデタラメである。そもそもナンを食べている国々は漢字文化圏じゃないんだから。漢字の話をどうこうしたところで、何の根拠にもならない。

このように、僕は大体のことを何でもそれっぽく説明できてしまう。品性下劣な長所である。しかし、というかだからこそ、自分の過去について説明することに、かなり苦手意識がある。特に「何で芸人になったのですか」とか、そういう自分の経緯を説明するのが本当に苦手だ。

もちろん、それっぽく言うことはどうとでもできる。得意だからだ。でも、だからこそ気が引ける。過去の出来事をもとに今の自分を説明することは、ずるいぐらい何でもありだ。数ある説明の中でも、あまりにも自由自在過ぎる。どこか自分自身に対して根本的に不誠実な気がしてしまう。

「原体験」という言葉がある。今に繋がる大きな体験のことをいう。魔法の言葉だ。言ったもの勝ち過ぎる。どれを原体験と見なして、どれを原体験の周囲にあった何でもない時間と見なすのかに、あまりにも基準がなさ過ぎる。過去の出来事の全てはとりあえず今とゆるやかに繋がっているし、一方でどれも決定的かと言えばそんなことはない。

僕が芸人になった理由にしたって、小さい頃から絵を描いたりお話を考えたりするのが好きだったからとか、小学生の頃からクラスを仕切って遊びを考えるのが好きだったとか、中学生のときに全校生徒の前で漫才をしてウケたからとか、それっぽく説明できそうな「原体験」はいくらでもある。でも、どれに対しても「決定的な原体験はこれです」と言い切りたくはない。一つのことを取り上げて、断言することが怖い。

実際のところ、僕が今このようにここに存在することに、説明可能なほどの必然性はない。いくつも偶然があって、出会ったものと出会わなかったものによって折り目がいくつも作られて、その果てにたまたまここにいるだけだ。そのときそのときを生きてきた自分は、ただただそのときそのときを一生懸命に生きていたに過ぎない。別に「九月」になりたいと思って生きていたことなんて一秒もなかった。ずっと目の前のことに不安で、ずっと目の前のことに一生懸命だっただけなのだ。

全てを、今に至るためのただの前触れだったかのように語ってしまいたくない。生きていくことは物語だとか、自分というストーリーを生きろとか、世の中には色々な言葉があるけれど、面倒臭すぎる。そんなものに自分を閉じ込めたくない。この本でも様々に自分の過去について書いてきたけれど、どれがどこまで本当だったかは正直わからない。ずっとそれっぽく説明してきただけだ。

本当に価値があるのは、本当に説明しなければならないのは、今このようにあることだ。今選ぶことができる何かを、今このように選び続けていることにこそ、大きな価値があるのだ。自分が今ここにあること、一度きりの人生がこの現在に繋がるものだったこと、そっちのほうがよっぽどすごい。そのことを祝福していたい。

あなたにとってもそうであってほしい。あなたはあなたの連続の先に、この本の、この行を読むところまで来た。そのことには、きっと確かな必然性がない。あなたが手に取る本はよく似ている違う本だったかもしれないし、今あなたに湧き上がっている感情は、別に僕以外からも感じ取れたものかもしれない。僕は僕じゃなかったかもしれないし、あなたもあなたじゃなかったかもしれない。

それでも、この現実は今このような配置になった。それこそが価値のある事実だ。説明なんか何一つつかなくていい。

寂しさを舐めてはいけない

感情の中にも、なんとなく等級がある。メロンや和牛に等級が存在するのと同じようにある。それはすなわち、抱くことが偉いとされる感情と、抱くことが恥ずかしいとされる感情との区別である。これは僕個人が「そんな気がする」と思っている、ということでもない。そんなふうに思わせる何か、暗黙の基準のようなものが、この世界や社会に存在している、ということだ。

「何かを達成したときの震えるほどの喜び」だとか、「日常の些細な瞬間に感じたあたたかな幸せ」だとかは、感情としての等級が高い。和牛で言うところのA5ランクである。

隣人がそういう感情の只中にあったならば、そのことを祝福しようと思える人でありたい。「他者を祝福したい」という感情もまた、等級が高い。これもA4かA5ランクくらいはあるだろう。

「何かに不快感を抱くべきとき、それを変にごまかしたり正当化したりせずにきちんと自覚的に抱いた不快感」なんかも、きっとかなり等級が高い。ハラスメントを受けたとき、笑ってごまかさず怒れる人は本当に強い。A5ランクである。

等級が低いとされている感情もある。「しょっぱい味付けの肉をいっぱい食べたい」などは、等級が低そうだ。きっとだいぶ低い。たぶんB2ランクくらいだろう。

たぶん、「しょっぱい味付けの肉」そのものもB2ランクだろう。あのしょっぱい肉がいい肉であるはずがない。あのすぐに千切れる肉。「軟らかすぎて箸でも切れる」とかではなく、至るところがブチブチ破《やぶ》けるあの感じの肉。

しかしあの肉、旨いんだよな。本当に旨いんだよな。恥ずかしながら、僕はよく食べたくなる。もちろん、そのことを初対面の人の前だとか、フォーマルな席などではとても言えない。確実に舐められるから。そういう場では「野菜多めの薄味な料理を適量食べたい」と思っていそうな顔をつくる。そのほうが等級が高い。A4ランクくらいはあるだろう。僕は人前で少なからず見栄を張りたい。「見栄を張りたい」という気持ちも、B2ランクな気がする。

人間が抱く感情はたくさんある。そして一つ一つに、何となく等級がある。「人のためになりたい」は等級が高い感情。「全部めちゃくちゃになればいいのに」は等級が低い感情。「ねむい」は等級が高くも低くもない感情。もちろん場面や状況にもよるけれど、おおむねそんなふうに仕分けられるだろう。

ここまでの話は、僕が個人的に人の感情に順位をつけているだとか、僕が特別そういう世界観で生きているだとか、そういう話ではない。むしろその逆で、世の中にはそういう暗黙の基準が何となくあるよね、という話である。きっと多くの人が、生活している中で「どうやらこの世界においては感情に等級があるようだ」と気付いている。誉められる感情と誉められない感情、認められる感情と認められない感情の区別が、世の中にはある。

そしてきっと、それはある程度まで理不尽だ。そもそも感情なんて、他者からは見えない。それを感じる当人にしたって、意志とは無関係にひり出てくるものだ。観測もコントロールも不可能なものに、うっすら等級めいたものがあてがわれてしまうのは、なかなか狭苦しい。

さて、それにもまして理不尽なのは、そういった感情の等級における「寂しさ」のポジションだ。寂しさは、恐らく等級が低い感情に判定されている。寂しさに負けるのはダサい。寂しさに流されるのはダサい。寂しく思うことだけでもダサい。一人でも強く立って生きられるほうがかっこいい。人はそういう言葉や信念に、うっすら取り囲まれて生きている。

要するに、「寂しさ」は妙に舐められているのだ。爆発しそうな寂しさを抱えていたとしても、そのことが周りに露骨にバレてはいけない。ある程度は寂しくないように振る舞わねばならない。寂しがっていたらダサい。寂しがらないほうがかっこいい。僕たちは周りが自分たちのことをそんなふうに見ていることを知っているし、逆に僕たち自身が周りをそういうふうに見てしまうこともある。

そういったまなざしに囲まれ、僕たちはしょっちゅう寂しさを舐めてしまう。結果、他者の寂しさを軽んじてしまったり、自分自身の寂しさを無視してしまったりする。結果、寂しさを抱えたまま身動きが取れなくなったりする。寂しさを舐めるから、そういうことになる。

日常生活の中で、最も「寂しさ」というキーワードを目にするのは、恋愛に関わる文脈だろう。僕はSNS上で「九月の『読む』ラジオ」という質問・相談に回答する形式の配信をしているが、その中でよく恋愛相談を受ける。そういった投稿の中には、「寂しい」という言葉が相当頻繁に登場する。

「寂しさ」を伴う投稿には、いくつかの決まったパターンがある。「自分はいま寂しいだけで、目の前の人を本当は好きじゃないのかもしれない」とか、「寂しさを埋めるために、よくないことをしてしまいそう」とか。そういう文章を見るたび、既に「寂しさ」は舐められているのだなと感じる。いずれのパターンにおいても、「寂しさ」は「恋愛感情」に比べると劣っていて、未熟で、ダサいものとして位置づけられているからだ。

でも、どうなのだろう。寂しさと恋愛感情、本当はそもそもかなり近いものではないだろうか。恋愛感情と寂しさに優劣をつけて、寂しさが劣位にあると考えることは、かなり近代以降のものというか、高度に文明化された考え方に思える。創作と現実の区別を問わず理想的なラブ・ストーリーがあちこちに溢れ、「本当の恋」をしたいなと誰もが思う時代だからこそ、「寂しさ」に流されるだけの状態が不純、無為、無意味、恋と似て非なる劣ったものとされてしまうのではないか。

しかし、寂しさを舐めてはいけない。人間が抱える「寂しさ」というのは、舐めていいほど軽いものじゃない。むしろ、「寂しさ」から独立して営まれる「本当の恋」のほうが、文化と社会の産物に過ぎない。「本当の恋」こそが後発だ。

人間なんかどこまでいっても生き物だ。動物だ。何かしらのコミュニティーに属さないとすぐに死んでしまうような時代が長かった。暖かい部屋で引きこもることが選択肢として現れ始めたのなんて、ごく最近だ。寂しさは防衛本能の一つとして、頭や体の奥に埋め込まれている。それを舐めてはいけない。恋なんかよりずっと奥深くに寂しさがある。順序としては「恋こそが寂しさの模倣だ」と言ってもいい。恋をしている最中にあっては、理想を追いかけたい手前、「寂しさ」と「好き」が灰とダイヤモンドくらい違うものに見える。しかし、それらは形が違うだけでどっちみち炭素と炭素でしかない。寂しさと恋愛感情はそれくらい近い。

だから、寂しさを軽んじなくていい。「いま自分はこんなふうに寂しい」と堂々と言葉にしてしまえたほうがいい。寂しさを認めたうえで、強敵としての寂しさとどう付き合っていくか考えたほうが現実的だ。

寂しいことの何がダサいのだろう。寂しくたっていいじゃないか。誰かの寂しさを、自分の寂しさを、安易に突き放さなくたっていい。

そしてこれは別に恋愛に限った話でもない。仕事の場面だろうが、趣味の場面だろうが、手を替え品を替え、言葉を替え形を替え、みんな寂しさを舐めている。「あの人は人に認められたいだけの承認欲求の化け物だから」的な人物評とか、よく聞く。別にいいじゃないか。言ってるお前にだって承認欲求があるだろう。自分のを軽んじているから、他人のも軽んじなきゃいけなくなったんだろう。生きづらくし合ってどうする。

人間の抱える寂しさは大きくて根源的なものなのだから、あんまり突き放していては、生き物としてのしくみに無理が生まれる。他者の寂しさを程よく受容したり、自分の寂しさを許したりしないと、生き物同士として続かない。寂しさを突き放してはいけない、寂しさ自体を寂しくさせてはいけない。

寂しさを舐めるな！　お前だって寂しさの当事者だろ！　まして現代社会においては、少子高齢化だ、未婚率の上昇だ、地域コミュニティーの衰退だ、人が「寂しさ」と関わっていかなきゃいけない度合いが高まっているんだ！　まず自分の寂しさを受け入れろ！　そこからだ！

……というようなことを、恋愛相談への回答として提出できたらなと思うのだけど、ここまでの内容を毎回説明するわけにもいかないので、僕はいつも「しょっぱい肉いっぱい食って忘れろ」くらいの回答をして逃げている。等級が低い。

あの世の肉

大学時代に仲良くなった先輩がいる。九州出身の人だった。口を開けば邦楽ロックのバンドと、プロ野球のパ・リーグの話しかしない。明るく温厚で、各局面できびきびと動くしっかり者タイプの人だった。

しかし同時に、何と言うのだろう、背筋が伸び過ぎているところがあった。しっかりしようとしていることがうかがえて、なんだか付け入る隙が「ある」のである。それは人を油断させる類の、とても豊かな優しさだった。あまりにも話が合うためすぐに仲良くなり、僕たちは月一で大学近くの大衆焼肉屋へ通うようになった。

その焼肉屋は冗談だろうという価格設定で有名だった。食べ放題が2990円、飲み放題が10円。京都市左京区屈指の激安店である。そのくせ肉質は悪くなく、白米もキムチも美味しいと来た。当然、店は毎日のように学生でごった返し、お酒と肉の注文が飛び交う。どうやって利潤を確保していたのか、今振り返ってもてんでわからない。たぶん、「利潤はそんなになかった」が正解なのだろう。常連として通いながらも、僕たちは「もう少し金をとってくれ」と思っていた。遠方から来た一人暮らしの大学生だから、それ以上払えるお金なんてないくせに、である。感情と生活レベルは簡単に矛盾する。肉が旨いこと、その店に魅力があることのみが真っすぐな真実だった。

僕と先輩は、月に一回その焼肉屋に行った。月に一度、サシで焼肉をする友達なんて、人生で何人も出会えるはずがない。そんな奇跡的な友達が見つかったことを僕は嬉しく思っていた。僕たちはいつも、大量の肉を、大量のビールで胃へと流し込んだ。

毎度、話は盛り上がる。たいていプロ野球の話から始まる。僕が好きな球団は北海道日本ハムファイターズ。先輩が好きな球団は福岡ソフトバンクホークス。当時は二チームともパ・リーグ屈指の強豪であり、押しも押されもせぬ二強。完全なライバル球団として毎年しのぎを削っていた。ある程度話が白熱したあたりで、好きなバンドの新曲の話に移行する。そしてゆるやかに話題が定型をなくしていく。お互いの地元の話、家族の話、また野球の話、いくつかの話題を行ったり来たりする。そして勤勉な学生らしく、専門分野にかかわる最新の研究動向について意見交換を始めようとなったくらいで、「お席の時間です」となる。

店を出た後、僕たちは銭湯へと向かう。当時、京都の学生街といえば銭湯天国だった。僕たちにとって有力な選択肢は二つだった。一つはやや汚いが味のある銭湯。銭湯内の男子便所は、完全に外から見えるアングルで窓が開け放たれている。もう一つは、かなり綺麗だがやや味気ない銭湯。先の銭湯に比べると、どこにでもある感じがする。僕たちがどちらに行くか。決まっている。綺麗なほうだ。銭湯なんて綺麗なほうがいいからだ。こういうときに味わいを優先するほど、僕たちは豊かな趣味をしていなかった。

その後、僕たちは大学へと戻り、学部棟地下へと向かう。当時の京都大学教育学部には、「P地下」と呼ばれる部屋があった。「P地下」の「P」は「教育学」を表わす英単語、pedagogyの頭文字から来ている。当時の僕らの安住の地といえば、この「P地下」だった。室内のイメージとしては、「限りなく理想に近い友達の家」である。今現在はどんなふうに使われているかわからないし、きっと僕たちの頃からは相当に様変わりしているのだろうけど。

当時の「P地下」を思い出してみる。広さは十五畳くらいだろうか。部屋の真ん中には畳、こたつ、ソファーがあった。その周りにはテレビ、ゲーム、教科書、参考書、専門書、論文、漫画、パソコン、コピー機、冷蔵庫、たこ焼き器、流しそうめんマシンなどが散乱していた。どれが誰のものなのか、把握している人間は一人もいなかった。流しそうめんマシンが果たして必要なのか、説明できる者はいなかった。一応は二十四時間使えた。一応は泊まれた。その気になれば住めた。厳密にはその全てがダメという説もあった。

先輩は週に一日のペースでそこに滞在していた。僕は週に三日くらい滞在していた。もっと長い人は、もっと長かった。みんなそこで勉強をしたり、議論をしたり、遊んだり、何もしなかったりした。僕の周りにおいて「古き良き大学」とかいう概念が最後まで残っていたのはきっと、あの空間だった。

僕たちはその「P地下」になだれ込むと、必ず野球ゲーム「実況パワフルプロ野球」、通称「パワプロ」をした。使用するチームはいつも決まっていて、僕が北海道日本ハムファイターズ、先輩は福岡ソフトバンクホークス。時のエース、ダルビッシュ有と杉内俊哉《としや》の投げ合いである。僕たちはもともとゲームが苦手だった。たいして操作が上手くない。そのくせ頭でっかちなので、配球にばかりこだわる。やれフロントドアだ、バックドアだ。対角線だとやんや言う。ゲームの苦手な二人が、それも泥酔している状態で、お互いの使う最新の配球術を打ち崩せるわけがない。試合は盛り上がらない。毎試合毎試合、サッカーかと思うほどのロースコアゲームを繰り広げた。

僕らは共に大学院へ進学した。先輩が就職で京都を離れるまでの5年間、僕らはそのルーティンを正確に持続させた。数にして60回も同じ遊び方をしたのだ。我ながら「たまには別の遊び方をしろよ」と思う。バリエーションのない日々を過ごすな。それもドラムマシンみたいに正確に。若者は不規則たれ、と今なら思う。きっと君らの生活圏、別の焼肉屋もあったよ。別のゲームも絶対あったよ。しかし、当時の僕らはそれでよかったのだ。

「死んでからも焼肉を食おう」なんて人に言ったことはないが、誰かに言うとしたらあの先輩なのだと思う。「死んでからも会いたい」「生まれ変わっても会いたい」みたいに思う人は他にいるけれど、死んでから焼肉を食べるならあの先輩しかいない。なにせ、あの先輩との思い出の大半が焼肉なのだ。焼肉以外のシチュエーションで会ったところで、やることがなくて気まずいだけだろう。会うなら焼肉しかない。現世でもそうだったんだ。大学構内で会っても「ああ」「へえ」「また焼肉」「はいな」「いつ」「いつでも」「へえ」「ほう」「今日」「ほう」くらいの会話しかしなかった。ほとんど音ゲーだ。それこそドラムマシンに限りなく近い。僕たちには焼肉と、焼肉の約束をする以外にやることが一つもない。あの頃もそうだったし、これからもそうだ。

ましして、舞台があの世なんだ。現世のどこよりも馴染みのない場所なんだ。どうせ風が臭かったり、でっかいコウモリがいたり、空が緑色だったり、何かと終わってるんだ。そんな環境で、何をするかなんて考えるだけ面倒臭いじゃないか。焼肉しかない。俺たちには焼肉しかない。たぶん、きっと先輩も「ほう」とか「へえ」とか言ってくれる。僕らはあの世で、焼肉をするのだ。あの世で焼肉をし、あの世の「P地下」へなだれ込み、あの世のパワプロをするのだ。あの世でも配球にはこだわっていくぞ。これからの時代はツーシームとスイーパーだ。

と、ここまで考えたところで、ふと疑問が湧く。あの世の焼肉、何肉なんだろう。そもそも、あの世に肉はあるのだろうか。

考えてみれば、肉はあまりにも現世の食べ物だ。何と言うか、あまりにも物質的過ぎる。執着とか、煩悩《ぼんのう》とか、そういうものが実体を成しているかのようだ。僕は死が何かを知らないいし、死によって生き物が何を失うのかもわからない。死はあまりにもわからない。死んだ後の生命が何を食べるのかを知らない。「食べる」みたいな仕組みがあるのかも見当がつかない。しかし少なくとも、肉が死後も現世に残ることはわかる。だからこそ、僕たちは現世で焼肉を食べられる。するとつまり、僕らがふだんこの世で食べている肉は、既に「あの世の肉」なのだ。裏を返せば、あっちの世界に肉はない。きっと一つもない。肉はどこまでもこっちのものなのだ。

すると、「死んでからも焼肉を食おう」という約束は、理論上達成不可能なものとなる。死んだら焼肉を食べられない。あの世には、カルビもロースもハラミもない。ホルモンもウインナーもない。僕には死が何かなどわからない。しかし少なくとも、死とは「焼肉を食べられる世界にいられなくなること」なのだ。

そうとわかれば、死んじゃいられない。まだまだ僕は肉が食べたい。肉を食べるためには、死んではいけないのだ。先輩とまた焼肉に行きたい。ぶっちゃけ、先輩とじゃなくてもいい。僕は普遍的に焼肉を食べたい。普遍的な焼肉屋で、普遍的な肉を、普遍的なタレにくぐらせて食べたい。焼肉はこの世じゃないとかなわない。

では、死んだらどうしよう。結局、また先輩とは会うだろう。焼肉は無理としても、「P地下」みたいな空間は、どうせあの世にもある。あの世の暇人たちが、そこでたむろしているに違いない。僕たちはあの世の「P地下」で出会うのだ。あの世の「P地下」にも、どうせパワプロが置いてある。僕たちはあの世でパワプロをやる。日本ハムとソフトバンク、あの世ではどちらが強いだろう。ここまで考えたところで気付く。あの世に日本ハム、あるわけないだろ。

「やや不思議ちゃん」とは何か

幼い頃から、僕は様々な集団において「やや不思議ちゃん」の位置にいることが多かった。「やや不思議ちゃん」とは何か。それはすなわち、その集団において最もルールにのっとらない人である。例えば、小学校に無断でりんごを持って来るような奴である。

「ルールに反発する人」ではない。「学校の勉強がしたくないから、ゲームを持って来る奴」ではない。「何か家からりんごを持って来た奴」である。

反発というのは、ルールに対して真っ向から立ち向かおうとするベクトルの力だ。それはルールに対して何らかの意味や効果や重みを感じたからこそ成立するものだ。「やや不思議ちゃん」はルールに対してそれらを感じていない。したがって、ルールを完全に守ることはしない一方で、明確に反発するほどのガッツやモチベーションもない。ただ何となくルールを知らなかったり、ルールに沿わなかったりするだけだ。そこに思想ややる気のようなものはない。りんごはただ何となくそこにあったのだ。

「やや不思議ちゃん」は、ルールに反発することを目的としていないため、たまにルールと合流することがある。なんなら、生活の大半ではむしろ制度に対して極めて従順だったりもする。「やや不思議ちゃん」は、ルールを守るとか破るとか、そういう軸にあまり重きを置かないため、その辺は何だっていいのだ。ただ気分に従順であるがゆえにそうなっている。学校にりんごなんて、持って来ても、持って来なくてもいい。かじりたいときにかじればいいし、かじりたくないならかじらなければいい。

このように書くと、とても自由な人に思えるだろうか。でも、そんなことはない。「やや不思議ちゃん」は自由だが、不自由でもある。やや不思議であるためには、誰の味方にも、誰の敵にもあまりなってはいけない。やや不思議であるためには、皆が足をつけている平面から少しだけ浮いたところにいなければならない。

結果、「やや不思議ちゃん」には肩を組んで歌う仲間はいない。みんなと同じ歌を歌ってはいけない。がっぷり四つに組んで戦うライバルもいない。みんなと同じ土俵に立ってはいけない。何となく全員と仲が良く、何となく全員に深入りせず、何となく全員に深入りされない。そういうふうに自分の領域を守らなければ、やや不思議でいられない。やや不思議でいなければ、自由な振る舞いは許されない。

もちろん、「集団の中で愛されていない」なんてことはない。むしろ、マスコット的ポジションへ向けられる愛ならば、誰よりも多く受け取っていたりする。とはいえ、それは結局マスコット的ポジションへ向けられる愛でしかない。誰かに同じ平面で理解されることはないし、そんなことがあってはいけない。理解されてしまったら、地に足がついてしまうからだ。

「やや不思議ちゃん」とは何か。それはすなわち、全体の構図にさして影響を及ぼさない程度に自由な人だ。かっこ良く言うならば、周りの人たちの在り方に対して、別解や抜け道を示す人である。かっこ悪く言うならば、ただのポンコツ、変わり者、自己完結していて深く関われないあの人、である。

生まれてこの方、僕は「やや不思議ちゃん」のポジションに存在し続けている。子どもの頃からの定位置であり、きっと今もそこにいる。それは僕に備わる性質・素養のためかもしれないし、あるいは自ら戦略的に選び取ってきた部分もあったかもしれない。実際のところは半々くらいなのだろう。いずれにせよ、僕は多くのコミュニティーで「やや不思議ちゃん」として存在してきたし、そこから出ようとしたことはなかった。

小学生や中学生の頃はしっかりした子どもで、「〇〇長」を一通りやった。半分ぐらい先生に近いような立場だったかもしれない。給食の時間になると、席をくっつけて班ごとにご飯を食べる。僕は毎日、班のみんなのためのクイズを用意した。クイズには雑学のようなものもあれば、問題自体が破綻しているハズレのクイズもあった。給食を食べながら、僕は毎日みんなに問題を出し続けた。いつも班の全員と喋った。だけど、土曜日や日曜日に僕が何をしているのか、知っている人は一人もいなかった。

将来の夢を聞かれたら、必ずはぐらかした。「にんじん」「北海道に住む」「大きなカニ」「野球選手」「先生」「花壇」などと答えを散らかした。身体測定であえてかがんで身長を小さくしてみたり、よく裸足で出歩いたりした。どうなるのかが知りたくて、冬の寒い日に学校の校旗をびしょびしょに濡らしてから掲揚《けいよう》し、カチコチに凍らせたときは、先生にこっぴどく叱られた。

高校生になっても、僕は変わらず「やや不思議ちゃん」だった。空き教室を借りて、勝手に生徒を集め、講習会を開いた。僕が自作の教材を配布して、問題演習をする。それは受験直前まで行なわれた。会の始まりと終わりの挨拶は、特に意味のない架空の言語だった。親にも先生にも「自分の勉強はいいのか」と言われた。そう言われてはじめて、「自分は他人の勉強の手助けをしているのだ」ということに気が付いた。あんまりそういう利害の構図とか、目的とか、そういうことを意識していなかった。何となくやりたいことをやる、面白そうだったら続ける、それ以外に行動の理由を知らなかった。人から言われてはじめて、自分がしていることのやや損な構図に気付き、少し考えたのち、やっぱり続けることにした。

京大へ進学することが決まったときには、自分が「やや不思議ちゃん」を卒業するきっかけになるかもしれない、と思った。「変人の多い大学」とか「自由の学風」とか聞く。そんな所ならば、自分なんて埋もれてしまって「やや不思議ちゃん」を辞められるのではないか、あるいは自分と同じような「やや不思議ちゃん」と出会うことで、仲間ができるのではないか、と思った。何かを得られそうな、あるいは何かを失いそうな予感がした。それは期待でもあったし、恐怖でもあった。

そして正しくは幻想だった。僕は埋もれることなく、大学でもばっちり「やや不思議ちゃん」だった。なにせ、京大の学生の多くは西日本で真っ当に優等生をやってきていて、そのことに自負のある人たちだった。これまでコミュニティー内で「やや不思議ちゃん」をやってきたけれど、やっとこさ仲間に出会えるのではと期待している僕のような人を、僕はついに見つけられなかった。

別に、京大に「やや不思議ちゃん」が僕だけだったと言いたいわけではない。他にもいっぱいいいただろう。だけど、「やや不思議ちゃん」はそれぞれ点として散らばって存在しているだけで、群れたいときに群れられるほどの人口密度はなかった。

そんなわけで、僕は京大でもばっちり「やや不思議ちゃん」となった。やっぱり周りとは少しずつ、程よいぐらいの距離が生まれていた。自ら選んでそうなったのか、無意識にそうなるように振る舞ったのか、周りがそう仕立てたのか、何が原因かはわからないけれど。

単位取得状況は早々に絶望的になった。二学年次の総取得単位は三単位だった。講義には一つも行かない。大学付近の最新の地理にも疎くなった。毎日同じものばかりを口にし、毎日黒い服を着て、変拍子の音楽を聴き、変な内装のバーに通った。河川敷でりんごをかじり、内容のわかるでもない本を読み、今日もわからなかったと投げ出し、鼻歌を歌って散歩をしたら日が暮れた。典型的な「やや不思議ちゃん的大学生活」を送っていた。学年が進むにつれ、どうやら卒業要件単位数というものがあるらしいと自覚したところで怒濤《どとう》の追い上げを見せ、規則スレスレのアクロバットな時間割工作を駆使して大学を四年で卒業した。そのついでに、こっそり院試を受け、しれっと受かった。

だんだん、自分が「やや不思議ちゃん」だからそのように振る舞っているのか、そのように振る舞っているから「やや不思議ちゃん」なのか、そういうことさえどうでもよくなっていった。なんだか大いなる必然として、僕は「やや不思議ちゃん」として息をするしかなくなっていた。

「本当の変人は自分のことを変人だと思っていない人だ」みたいな言葉もあるけれど、あんなのは嘘っぱちだ。もしくは、本当の本当に話にならないほど変な奴を想定した言い回しだ。日常生活、集団生活からちょっとばかし浮遊して生きている「やや不思議ちゃん」にとっては、自分が「やや不思議ちゃん」であることはとっくにわかりきっていることだ。

大学卒業後、院進学と共に僕は芸人への道をゆっくり踏み出すことになる。芸人になるというのは、「やや不思議ちゃん」にとってはなんだか自然すぎる着地にも思える。自然すぎて、全く不思議でない気がする。だけど僕は、自分が芸人になったことについて、ものすごく納得がいっている。その成り行きが、やや不思議でとても自分らしいものだったからだ。

というのも、僕は将来の夢や目標として芸人になる選択をしたことが一度もないのだ。「芸人になろう」と思ったことさえない。芸人は一般に、なろうと思ってなる職業である。夢や理想を抱いて門を叩くものである。しかし、僕の場合は全くそうではなかった。

僕は誰にも弟子入りしていないし、お笑い芸人の養成所にも行っていない。学生時代にお笑いサークルに入っていたわけでもないし、何らかの事務所や制作会社主催のオーディションライブに出演したこともない。何らかの一門や協会に属しているわけでもないし、事務所に所属しているわけでもない。

大学院生になったあたりから、ただ何となく自分でネタを書き始めた。せっかくなので人前でやってみたくなり、自主的にライブを開くようになった。次第にそれに夢中になり、生活の中でそれに関連する時間が増えた。いつしかイベントに呼ばれることが起こり始めた。ゆっくりと僕の「芸人度合い」が高まっていった。

そして大学院を修了するとき、特に就活の類をしなかった。これに関しては、完全に忘れていた。「就活」というものが世の中に存在することは知っていたけれど、「自分が就活をする」という選択肢があることを、まるっきり見落としていた。今思えば、あのとき就活くらいしておけばよかった。就職できたかもしれないからだ。でも僕は、「就活をすれば、就職できるかもしれない」ということに全く気が付かなかった。

そういうわけで、結果、僕はお笑いに関する活動以外は何もやっていない人間となった。そんな人間を人はどう呼ぶだろう。ニートだろうか。でも、ニートと呼ぶには人前に出ているし、何やら毎日忙《せわ》しなく過ごしている。それはもはや、どうやら芸人としか呼べない何かだった。

僕が芸人になった経緯、我ながら凶悪に愚かである。全くもって計画性がなく、あらゆる行動が後手《ごて》どころか一切行なわれることもなく、鈍いテンポでゆっくりと芸人となっていった。身の回りから色々なものが消えていき、気が付いたら「お笑い芸人っぽい自分」だけが残ったのだ。終盤のジェンガがそのまま建築物となってしまったような、あまりにも投げやりで無自覚な成り行きである。

そういうわけで、自分がいつ芸人になったのかを僕は知らない。「この日から芸人だった」というタイミングが存在しない。芸人になった理由についても、はっきりと答えることができない。僕は無自覚に芸人になったのだ。「周りから反対されなかったの？」と聞かれても、答えようがない。反対も何も、本人でさえ自分が芸人になりつつあることに気付いていなかったのだから、誰も反対できるわけがなかった。反対すべきタイミングなど一つもなかった。僕は芸人になろうとしたわけではなく、だんだんに芸人へと変わっていっただけだからだ。

したがって、僕が芸人になったことについて、一番驚いたのは家族でも友人でもなく、紛れもなく僕自身である。なりたいと思ったことのないものに、どういうわけかなっていたのだ。今でも毎朝目が覚めるたび、今日も芸人であることにびっくりする。でも僕は、自分がこんなふうに芸人になったことをものすごく嬉しく思っている。

このようにやや不思議な経緯で芸人となった僕は、ばっちり今なお「やや不思議ちゃん」である。誰に頼まれるでもなく勝手に毎年一千本のコントを作り、勝手に披露し続けている。数日間、一か所に自分自身を勝手に軟禁して、コントをやり続ける過酷なライブを開催している。「やや不思議ちゃん」というか、だんだんに「だいぶ不思議」「やや妖怪」に片足を突っ込んでいる。割と嬉しい進化である。

なぜ僕は人生を通じて、このポジションに存在し続けてきたのか。きっと辞めようと思えば辞められた、いつでも離れられたであろうこのポジションに、どうしてずっと立ち続けてきたのか。

それはきっと、楽だからだ。

「やや不思議ちゃん」でいる限り、ルールを守る優等生になってもいいし、ルールを破る不良になってもいい。もちろん、どちらにもならなくてもいい。好きなようにしていればいい。どんなコミュニティーに出入りしたっていい。人付き合いが悪くてもいい。どのタイミングで顔を出しても、それが当たり前だというような顔をしていい。決まった振る舞いを期待されたり、要求されたりすることもない。誰よりも自由に、好き勝手に振る舞い続けられる。ずっと自分だけで完結していられる。他のあらゆる価値観と少しずつ距離を取ることができるから、自分の意味や意義を自分の中だけで作り出すことができる。誰かに否定されても、自分が「やや不思議ちゃん」として存在することにプライドやこだわりや意味を感じている限り、その尊厳を侵されることもない。

　こういったメリットがあるからこそ、僕はあらゆる集団において「やや不思議ちゃん」として存在し続けてきた。自ら選んでそうなったのかは微妙なところだけど、少なくとも、いつも自分が「やや不思議ちゃん」と見られていることを自覚していたし、そういう振る舞いを変えてこなかった。

　ただし、メリットだけがあるわけではない。「やや不思議ちゃん」であり続けるためには、越えなければならない一つのハードルがある。存在そのものに「やや不思議ちゃん」としての説得力が要るのだ。

「やや不思議ちゃん」は周囲よりもやや自由度の高い振る舞いをする分、一定の反感を買いやすい存在でもある。そのとき、周囲に己の存在を認めさせるだけの説得力がないと、途端に「やや不思議ちゃん」は「いけすかない嫌な奴」となってしまう。そうなったらおしまいだ。気ままに行動できる範囲が、どんどん狭くなってしまう。

「やや不思議ちゃん」であろうとする僕を見て、これまでたくさんの人が色々なことを言った。「あいつはただ変なことをやりにいってるだけで、思想というものが全くない空っぽの奴だ」「能力があるように見せているだけで、実は中身が伴っていない本当に寂しい奴だ」「超然としたふりを頑張るのをやめて、素直になればいいものを、何を突っ張っているんだ」

そういった言葉は、僕の自由を奪おうとする言葉だった。自由に羽ばたきたい翼をもいで、地に足をつけさせようとする引力だった。それらに屈することはいつも簡単だった。そこで少しでも折れたなら、一歩でも相手に歩み寄ったなら、相手の言葉を聞き入れたなら、「なんだ、素直でいい奴なんだな」とか言われて、ありふれた群れの仲間に入れてもらえることもわかっていた。

群れに入ったあとで、しばらくは群れの下っ端役をやらされ、よきところで若干ポジションが上がり、「こいつ昔は嫌な奴だったんだよ」とか言われるところまで見えた。そのときに自分が愛想笑いをしながら「大人になりましたね」とか返すところも見えた。

そして僕がまた、僕のような人の翼をもぐところが見えた。

嫌だな、と思った。

僕は僕のために少しだけ世界を広げたかった。僕は意地でも闘うことにした。自分が自分であるために、必要な説得力を身につけたかった。別に変な奴が変に生きていたっていいじゃないか。それぐらいの勝手はあっていいじゃないか。そんな当たり前のことを現実にするために、必要なのは説得力だった。あの人たちに「ああ、こいつは何を言っても無駄なんだ。こういう奴なんだ」と思わせるだけの、強烈な説得材料だった。

僕にとって、そのために必要だったのは「靴を履かないこと」だったかもしれないし、「受験生の時期に周りに勉強を教えること」だったかもしれない。「誰も知らないうちに芸人になっていること」だったかもしれないし、「何千本とコントを作り続けること」だったかもしれない。とにかく、オルタナティブであろうと思ったら、別解を出そうと思ったら、一定の異常さ、強靱さを維持し続ける必要があった。誰にもできないことをするか、誰にでもできるけれど誰もやらないことをするか、とにかく何でもいいから他を圧倒する必要があった。

そんな苦労なんて、きっと人生になくてもよい。完全な徒労である。変な奴が変な奴であるための闘いなんて、根本的に無意味だ。「普通」を目指したほうが、何かとコスパがいいに決まっている。集団の中で意地でも自分らしくあり続けるための闘いなんて、わざわざ選ぶ必要なんか全くない。それでも僕には、選ぶことが必然だった。

本当は、別に誰だって、どんな奴だって自由に振る舞っていいはずだ。それなのに、少なくとも僕の生きるこの時代の、この文化圏においては、自由に振る舞うためには「やや不思議ちゃん」にならねばならず、「やや不思議ちゃん」で在るには周りからの要求を満たす必要がある。別解を出す楽しさと自由を得る代わりに、別解を出し続ける苦しさと、別解を正解にするための労力を使い続けなければならなかった。

それでも、僕は「やや不思議ちゃん」でいたい。きっと何度生まれ変わっても、僕は「やや不思議ちゃん」になろうとするだろうし、なれるだろうし、なるのだ。自由を愛しているからだ。興味と好奇心のままに、あちこちへと動き回る存在でありたい。

周りに「やや不思議ちゃん」と思われてしまうことは、少し恥ずかしいことなのかもしれない。浮いているとか、疎ましく思われているとか、そういうことはいくらでもあるのだと思う。二十年前の僕にも、十年前の僕にもあったのだろう。今もあるのかも。でも、「やや不思議ちゃん」として世界を駆け回っていたい。

僕なんかより、世界のほうがよっぽど不思議なのだ。より大きな不思議と出会うためには、僕自身もちょっとばかり不思議になっておく必要がある。不思議な世界を、やや不思議な僕が、好きなように探検したい。

この文章を読んでくれたあなたも、「やや不思議ちゃん」だったりするのかしら。別に団結しようとも言わないし(集団行動が苦手だろうから)、共感できるとも言わないけれど(どうせちゃんとちょっと変な奴なんだろうから)、同族嫌悪を込めつつ、エールを送りたい。僕たちそれぞれ、不思議なまま、生きていこう。色んなものを見ていこう。誰にも言わずに持って来た、りんごでもかじりながら。

寿司とオーロラ

「九月」と名乗っているけれど、そこにはあまり理由がない。

ピン芸人として活動するなら、芸名があったほうがいいと思った。漢数字が入った単語なら、あまり先入観を持たれなさそうでいいと思った。最初に思いついたのが「九月」だった。だから僕は「九月」になった。

もしそれが「八月」だったら、僕はきっと「八月」だった。「五分」なら「五分」、「二貫」なら「二貫」だった。本当に何でもよかった。いや、「何でもよかった」はさすがに嘘だ。「二貫」は駄目だ。寿司過ぎる。二貫でいいわけがない。

大抵の名前には、もう少しちゃんとした由来がある。僕の本名にしたってそうだ。隠しているわけでもないので書いてしまうが、「太紀」という。「たいき」と読む。字面がめでたい。声に出してみると、響きに抜け感があって気持ちがいい。ありふれているようで、意外と人と被らない。なかなか気に入っている。

この名前の由来について、家族に聞いてみたことがある。曰く、僕が生まれたのが一九九二年、ちょうど二十世紀の終わり頃のことだったから、「この子は世紀末の太陽だ」という意味を込めて「太紀」となったのだという。とても格好いい由来である。

しかし、僕が八歳のとき、新世紀が訪れてしまった。僕が引き続き「世紀末の太陽」であるにも関わらずだ。以降、僕の名前は由来を失っている。もう世紀末じゃないから。名前の由来が、生きてる途中で消えることもある。虚し過ぎる。それでも人生は続く。九歳以降、世紀末の太陽は沈み、僕は明けることのない夜の只中にいる。

北極圏の冬みたいだ。きっとオーロラは綺麗なんだろう。

新世紀になって四半世紀近くたつが、戸籍上、僕は未だに「世紀末の太陽」である。人前では九月と名乗るけれど、どっちにしても夜が長い。朝が来ない。

エッセイを書くことが決まった。正直、チャンスである。まだ僕の名前は世の中に知れ渡っていない。見つかりたい。

長い夜の中で、「オーロラが綺麗だな」くらいの気持ちで、好き勝手やりたい放題に生きていたら、ありがたいことに編集さんにお声掛けいただいた。長い夜の中で、常識を受け入れることや、計画的に生きることや、知っている何かをなぞることが、あまり得意ではなかった。長い夜の中で、だからふざけながら、愛嬌でごまかしながら、日々の様々をぼんやり疑いながら、けもの道を走ってきた。

走る道化、浮かぶ日常。この本の名前を付けてくれたのは編集の佐藤さんだ。

僕が提案したのは『本〜ザ・エッセイ〜』だった。「話にならない」と即却下された。僕はハッと気付いて、「ああ、そうか。『本〜ジ・エッセイ〜』ってことですね?」と告訴した。佐藤さんは、ゆっくりと首を横に振った。上告は認められなかった。

この本には、要するに僕が見たオーロラのことを書いた。それらは僕にとって、とても綺麗だな、面白いなと心惹かれるものだった。あなたにとってもそうだったなら、それ以上に嬉しいことはない。この本をきっかけに朝が来たら、僕はたらふく寿司を食う。もちろん、二貫でいいわけがない。

二〇二三年七月　九月

○祥伝社のホームページ
www.shodensha.co.jp

走《はし》る道《どう》化《け》、浮《う》かぶ日《にち》常《じょう》

令和五年八月十日　初版第一刷発行

著　　者　九月《くがつ》
発 行 者　辻《つじ》浩《ひろ》明《あき》
発 行 所　祥伝社《しょうでんしゃ》
〒101-8701　東京都千代田区神田神保町3-3
(販売部)03-3265-2081
(編集部)03-3265-1084
(業務部)03-3265-3622

ブックデザイン　森　敬太(合同会社 飛ぶ教室)
写真撮影　神藤　剛
ヘアメイク　川島　享子
校　　正　円水社
D T P　キャップス
印　　刷　萩原印刷
製　　本　ナショナル製本

ISBN978-4-396-61809-4 C0095